Sucesos Argentinos

❖

VICENTE BATTISTA

Sucesos Argentinos

❖

PLANETA
Biblioteca del Sur

ESTA NOVELA OBTUVO EL PREMIO DE NOVELA
PLANETA / BIBLIOTECA DEL SUR 1995, CONCEDIDO
POR EL SIGUIENTE JURADO:
VLADY KOCIANCICH, ABELARDO CASTILLO, JOSÉ PABLO FEINMANN,
ANTONIO DAL MASETTO Y JUAN FORN.

BIBLIOTECA DEL SUR

Diseño de cubierta: Mario Blanco
Diseño de interior: Alejandro Ulloa

© 1995, Vicente Battista

Derechos exclusivos de edición en castellano
reservados para todo el mundo:
© 1995, Editorial Planeta Argentina S.A.I.C.
Independencia 1668, Buenos Aires
© 1995, Grupo Editorial Planeta

ISBN 950-742-667-1

Hecho el depósito que prevé la ley 11.723
Impreso en la Argentina

Ahora comprendo lo necio que es dar principio a una operación cualquiera, antes de calcular su costo y de pensar exactamente las fuerzas con que contamos para llevarla a cabo.

DANIEL DEFOE, *Robinson Crusoe*

Lo mismo se marchó que había venido.

DANTE, *Infierno XXV*, 150

A Salvador Mario Marino

I

Entreabrí los ojos y manoteé en vano, buscando un reloj imposible sobre la mesa de luz. Me senté en la cama. Encendí la lámpara y descubrí que estaba en mi cuarto. Desparramada sobre una silla pude distinguir la ropa que había usado el día anterior. Junto a la cama estarían los zapatos y un poco más allá las medias. Tanteé con la mano derecha y tropecé con un vaso de whisky. Lo levanté y miré a trasluz, estaba a medio terminar. Lo puse otra vez en el suelo, junto a la pipa; también a medio terminar. Pensé que siempre dejaba las cosas a medio terminar y pensé que de una vez por todas tendría que atender el teléfono. El que llamaba se había propuesto despertarme, y lo estaba consiguiendo. Llegué entre tumbos, levanté el auricular, lo llevé hasta mi boca y gruñí.

—Tienes tono de pocos amigos —dijo una voz, parecía de mujer.

—No puedo ser amigo de alguien que me despierta a esta hora de la madrugada.

—Son casi las doce.

Era una voz de mujer. La había escuchado infinidad de veces. Montse, pensé para mi espanto.

—Tengo que hablar contigo —dijo.

—Lo estás haciendo.

—No, así no —dijo—. Es preciso que nos veamos.

—¿Qué día es hoy? —pregunté.

—Sábado.

—No. No digo qué nombre. Digo qué número.

—Cinco.

No era por dinero. Había cumplido con mi asignación hacía menos de una semana. Quizás un error en el depósito. Pregunté si le habían acreditado lo del mes.

—No se trata de eso. ¿Es que sólo piensas en la pasta?

—Unicamente cuando estoy despierto, ¿qué querés, entonces?

Repitió que hablar conmigo y otra vez sentí el malestar. Prefería doblar la asignación a verme con mi ex mujer. El último encuentro había sido en el estudio de un abogado, ahí convinimos la cifra que yo pagaría mes a mes. Antes habían sido confesiones y reconocer el fracaso. Mucho antes había sido sentirse idiota y comprender que también a uno podía pasarle. Muchísimo antes había sido una mujer a la que dije querer y a la que acaso de verdad quise. Pensar que hace diez años, pensé, pero ni siquiera fue tanto tiempo: el desgaste se produjo más rápido. Hubo un momento de amor, otro de odio y ahora estábamos en el de la indiferencia; quizá el mejor, el más cómodo. No tenía ganas de ensayar otros momentos, no al menos con Montse.

—¿Hablar de qué? —dije.

—Mira que eres pesado. Tiene que ser personalmente, vente mañana a casa y almorzamos juntos.

Imaginé un domingo con Montse y dije que no, que mañana era imposible, que quizás el lunes o, mejor, el martes. Dijo que hiciera lo posible para que fuese el lunes y quedamos para el lunes, a las nueve de la noche. Contaba con un margen de cuarenta y ocho horas para saber en qué andaba mi querida Montse. Volví a tirarme sobre la cama y de golpe recordé que Jordi me esperaba en un pequeño boliche del Ensanche. Fui hacia el baño, antes de llegar tropecé con una botella de whisky y con un libro. Pensé que ya era tiempo de ordenar el cuarto, después de la ducha vi las cosas de otro modo. Cerré la puerta convencido de que no había tanto desorden. Decidí ir caminando, Balmes derecho.

Barcelona estaba en plena reconversión industrial: me enfrenté a tres viudas, rigurosamente vestidas de negro, con un promedio de cuatro hijos cada una; anunciaban su desamparo a grandes letras, borroneadas sobre cartulinas blancas. Los hijos, entre curiosos y aburridos, les hacían corro; se notaba que tenían más ganas de jugar a cowboys que a chicos desamparados. Pero había que comer y ése también era un trabajo. Me crucé con dos desocupados, uno iba solo, al otro lo acompañaban sus hijos. Los desocupados habían optado por carteles más pequeños. Estaban escritos en castellano: para solicitar ayuda no se planteaban problemas de bilingüismo. Por último, esquivé a un joven, sin cartel, correctamente vestido, que pedía por su cuenta y farfullaba una explicación difícil de entender. Como con las viudas y los desocupados, debí negar con una amable sonrisa y una gentil inclinación de cabeza, ¿cómo hacerles comprender que yo no estaba muy lejos de ellos? También a mí me castigaba la herencia del franquismo: mis reservas económicas no iban más allá de setiembre, y setiembre estaba a menos de treinta días. Para completar la corte de los milagros, se ofertaron tres prostitutas y un travesti. Tuve fantasías de cafishio: por las mañanas, dócilmente, las muchachas me entregaban el dinero recaudado durante la noche. Mi única y agradable tarea era contar los billetes, protegerlas y amarlas. Una ocupación envidiable, pero no para mí. Alcé los hombros con la intención de quedar más vigoroso en el trasluz de una vidriera; ni así logré convencerme. Para colmo, mes a mes debía financiar a mi ex mujer, cosas del feminismo ¿Qué querría Montse? Quizá Jordi lo sabía; caminé más rápido.

Estaba frente a un gran vaso de horchata. Parecía no pensar en nada, pero me vio entrar. Creí distinguir una imperceptible sonrisa debajo del voluminoso bigote. Hice una broma acerca de su propensión al alcohol y me senté. Le dije que según mi modesta estadística, el número de mendigos aumentaba día a día.

—Hora a hora —sentenció—. Va parejo con la crisis.

Pedí un gin-tonic y le dije que de eso quería hablar, de la crisis.

—¿Algún ensayo acerca de? —preguntó.

—No, de la mía —dije—, de mi propia e inevitable crisis.

—¿Espiritual o sexual?

—Económica. Corro peligro de integrar la larga lista de pedigüeños, y ni siquiera tengo hijos para mostrar. Con suerte y buena voluntad llego a fin de setiembre.

Jordi me miró, como si yo fuese un objeto digno de estudio. Se acarició el bigote, pero no dijo palabra.

—Además me llamó Montse. Dice que quiere hablar conmigo, ¿qué querrá?

—Ni idea.

Bebí un largo trago.

—A esta tónica le falta fuerza. Hasta la tónica está más pobre, ¿notaste que ahora no viene con tantos globitos?

—No sé, nunca se los llegué a contar —dijo Jordi—. Por eso soy adicto a la horchata; es más simple, más natural.

—¿En qué andará Montse?

—En eso, en lo natural. Tengo noticias de que está complicada con el naturismo, la macrobiótica o cosa parecida. Se ha puesto de moda, y tu ex mujer se anota en todas.

Sentí un ligero alivio. Seguramente querría iniciarme en los secretos de la comida sin aditivos, yo no estaba para discusiones gastronómicas y el verano golpeaba sin compasión. Lo que mata es la humedad. La frase también valía para estas tierras.

—Tengo que verla el lunes. Me invitó a cenar.

Jordi me deseó buen provecho y pidió otra horchata. Estuvimos largo rato en silencio. El paso de alguna muchacha, suelta de ropas y de espíritu, nos hacía articular algún monosílabo sin sentido, digno de esa tarde innecesaria. En las últimas semanas, mis tardes, mis mañanas y mis noches gozaban del mismo privilegio.

—¿Hacés vacaciones? —pregunté.

Jordi pensó un instante, después dijo:

—Calafell o Cadaqués. Seguramente la bañera de casa, llena de agua. No creo que haya para más. Y el ventilador, si es que no me cortan la luz.

—¿Vos también en crisis?

—No. Sólo para solidarizarme contigo. Deja de llorar, no te va ese papel.

Pedí otro gin-tonic. Hice un gesto cómplice al camarero y le rogué que esta vez tuviese más globitos.

—¿Y ahora? —pregunté, metafísico.

—Ahora, nada —dijo Jordi—. Pero se está preparando algo que te puede interesar.

Igual que el hechicero de la tribu o el mago del circo, Jordi era capaz de convocar a los espíritus o sacar al conejo de la galera justo en el momento en que espíritu o conejo se hacían absolutamente necesarios. Nunca le había preguntado cuáles eran sus contactos y cómo hacía para conseguirlos. Eran preguntas vanas, que él jamás hubiera contestado. Se limitaba a proponer la oferta. Lo tomas o lo dejas, sin más vueltas. Clavó la vista en el fondo del vaso vacío y lo movió, con suavidad. Ni hechicero de la tribu ni mago del circo, ahora tenía el aspecto de un vidente que ante la llegada del verano cambia la borra del café por la de horchata.

—Todavía no lo sé bien —agregó—, pero puede ser algo gordo. ¿Te sigue interesando lo voluminoso?

Dije que sí y me sentí contento, de pronto ya no me importaron los globitos del gin-tonic.

II

QUEBRÉ EL ADEMÁN inconsciente de buscar la llave y toqué tres timbrazos cortos, acaso para recordar viejos códigos.

—¡Casi media hora! —fue su saludo—. ¡No te curarás nunca!

La besé en la mejilla y dije que abandonara su rol de madre, que no le iba. Me hizo pasar. El departamento estaba decorado en blanco y verde. Ahora los posters antibelicistas compartían las paredes con anuncios de vida sana y natural. Persistían, algo más ajados, dos carteles acerca de la estupidez del machismo y las ventajas del feminismo. Se oía una música suave, no pude precisar qué era; quizás algo oriental.

—¿Qué te parece? —preguntó Montse.

—Magnífico —dije, hice una ligera reverencia y la seguí hacia el living. Había adelgazado. Usaba un vestido suelto, no usaba corpiño. Llevaba sandalias de taco y el pelo largo y cuidadosamente desprolijo. La cara sin pintura. Continuaba siendo bonita, aunque yo la prefería en su versión anterior: con un par de kilos más y tostada por el sol.

—¿Qué comiste anoche? —preguntó.

Se percibía un ligero aroma a incienso. No fue necesario que esforzara la memoria.

—Papas fritas con huevos fritos —dije.

—¡Te estás matando! —dijo.

Pidió que la esperase un segundo y fue hacia la cocina.

Ahora la música se oía nítida, era hindú y profundamente aburrida. Regresó con un gran vaso en cada mano, los traía a modo de trofeo. Alcancé a distinguir un líquido espeso y blanco, pensé en horchata. Me ofreció uno de los vasos y lo agarré sin prestar atención. Vi que ella bebía de un trago y me dispuse a hacer lo mismo. Casi vomito.

—¡Esto es leche y encima hervida!

Montse parecía gozar ante mi asco. Asintió una y otra vez, con pequeñas y saludables inclinaciones de cabeza.

—¡Sabés que no soporto este líquido inmundo!

—Claro, la señora tiene la obligación de recordar los gustos y disgustos de su macho —dijo, y me dispuse a soportar otro de sus discursos. Antes los interrumpía la cama. Comenzaba a arrepentirme de esta visita, pero mágicamente Montse cortó su perorata y pidió que la acompañase, no al dormitorio sino a la cocina.

Parecía un santuario o una farmacia de las de antaño: los frascos se alineaban de menor a mayor, cada uno con su etiqueta. Leí: sésamo, mijo, arroz, soja; en un costado reposaban diversas hierbas, todas de pálido color verde; semiprotegido por un paño se distinguía un gran ladrillo marrón, después supe que era pan integral. Sobre las hornallas humeaban dos ollas de barro, no se percibía el más mínimo aroma. Montse las señaló.

—De primero, sopa de mijo —anunció—. De segundo, arroz integral con judías mungo. De postre, *mel i mató*, ¿qué te parece?

Adopté gesto de sibarita y, pecaminosamente, pensé en milanesas con una parva de papas fritas. Debía evitar los malos pensamientos, quise saber qué era la judía mungo. Montse no disimuló su entusiasmo.

—También la llamamos soja verde —dijo—, por su semejanza con las semillas, aunque el mungo no pertenece al género de la soja, sino al *phseolus;* es decir, al de las judías y frijoles, del que se conocen más de doscientas especies en el mundo.

—¡Qué interesante! —acoté.

No pareció oirme. Continuó en el mismo tono de voz:

—El mungo es planta anual, originaria del Asia Central y la India, resistente a la sequía y de rápido crecimiento. Debido a su riqueza alimenticia, su consumo se está extendiendo en Occidente.

Me quedé mudo, pero aunque hubiera dicho algo no me hubiese oído. Descubrí que no hablaba conmigo. Estaba repitiendo, mecánicamente, una vieja lección. No fui capaz de interrumpirla.

—Se asimila fácil y tiene excelente sabor, similar a la más delicada de las legumbres. Te va a gustar.

Asentí con una resignada inclinación de cabeza.

—En las regiones en que los alimentos de origen animal son raros, el mungo juega en la dieta un papel de plato fuerte.

Pensé tres vacas por persona, iba a decírselo, pero no me pareció adecuado. El sonido del timbre cortó la lección magistral.

—Será Francesc —dijo Montse y fue a abrir.

Adopté aire de indiferencia. Montse y el recién llegado venían hacia mí. Por un momento pensé en un juego diabólico: Montse reunía en una misma mesa, sana y vegetariana, a su ex esposo y a su actual amante. Miré a Francesc y deseché la idea: era pálido y flaco. La camisa amplia, blanca, y el pantalón, amplio y verde, acentuaban su aspecto de espárrago. Usaba sandalias franciscanas y el pelo largo, sujeto atrás. Casi obligaba a bajar la voz para hablarle, no por respeto sino por temor a que se quebrase. Le sonreí, él también sonrió y dijo que Montse ya le había hablado de mí. Fue todo lo que dijo, después tomó a Montse de un brazo.

—¡Qué bien huele, qué bien! ¡Magnífico! —dijo y los dos fueron hacia la cocina.

Francesc caminaba con pasos de cisne, contuve la imperiosa necesidad de darle una formidable patada en el culo. Busqué un sitio donde sentarme y algo para leer. Debí contentarme con un frágil y nada cómodo sillón de mimbre y con un número atrasado de la revista *Natura*, órgano de la Asociación Vida Sana. Necesitaba beber whisky, pero sería imposible encontrarlo en esa cueva de la salud. Montse anunció que la comida estaba lista. Ella y Francesc beberían leche, para mí habían reservado jugo natural de manzanas.

—Sopa de mijo —dijo y puso un plato humeante debajo de mi nariz. Recordé que de chico me obligaban a las sopas de verduras y tuve que contener una arcada.

—Si le pones gomasio va a saber mejor —dijo Francesc y dejó caer un polvito extraño sobre mi plato.

—¿Qué mierda es esto? —pregunté.

—Gomasio —se asombró Francesc—: sésamo triturado con sal marina atlántica fina.

—¿Y de dónde sacaste que ese polvito me iba a gustar?

Francesc quiso decir algo, pero Montse lo interrumpió con un gesto. Me miró indignada.

—Si has venido a... —comenzó a decir.

—Vine porque me dijiste que viniera —dije, y me puse de pie.

—Paz, paz —suplicó Francesc—. Es mía la culpa, no lo consulté para el gomasio.

Establecida la tregua, cada cual volvió a su sopa. No tenía mal gusto, pero estaba tibia y algo chirle. La tomé sin decir palabra, Montse y Francesc aumentaban los elogios entre cuchara y cuchara. Francesc dijo que conocía una receta aún más primitiva y Montse se la pidió en canje por una fórmula provenzal del siglo XIII. Se los veía felices, cambiándose recetas. Al fin y al cabo, quizá fuesen amantes. Los imaginé en una cama rodeados de hierbas, con cebollas y papas en los pies, haciendo el amor, bucólicos pero sanos, a media luz, aspirando polvillo de soja o de sésamo para estimularse. Contuve la risa. Conocía a Montse, no la imaginaba vegetariana para el amor. Por un segundo la deseé, puse un trozo de pan en mi boca.

—¿Sabroso, verdad? —dijo Montse.

Afirmé en silencio y quedé a la espera del segundo plato. El arroz integral estaba duro y el mungo no tenía gusto a nada, pero lo comí lentamente, como quien saborea el más delicado de los manjares. Bebí el último trago de jugo de manzanas y me preparé para el postre: requesón con miel; al menos era un sabor conocido. Habíamos llegado a los dulces y aún no sabía para qué diablos Montse me había invitado a ese festín naturista.

—Ahora, un buen café —sugerí, cuidándome de hablar de copas.

Me miraron con espanto.

—Tila o manzanilla —dijo Montse—. ¿Qué prefieres?

—Nada, de verdad, nada —concedí—. Me quitaría este buen gusto —y señalé los restos del banquete.

La manzanilla la bebieron en el living. Montse había reemplazado la monótona música hindú por un divertimento de Haydn. Todo comenzaba a hacerse más humano, lamenté la ausencia de cognac y busqué la pipa y el tabaco.

—¡Nos vas a intoxicar! —se desesperó Montse.

Dije que simplemente pensaba fumar una pipa. Montse habló de la falta de respeto de los viciosos. Francesc aprobó con pequeñas inclinaciones de cabeza y gestos de ex fumador arrepentido. Guardé la pipa y me puse de pie.

—Espera —dijo Montse—. Organicé esto porque quería que tú y Francesc se conocieran.

—Lo has conseguido —dije y caminé hacia la puerta.

—Francesc está en la Casa Argentina —dijo Montse y me detuve de golpe. Era peor de lo que había imaginado.

—¿Sí? —pregunté, indiferente.

Francesc quiso decir algo, pero Montse se lo impidió.

—¿Conoces todo lo que está haciendo la Casa por vosotros? —dijo y, sin esperar mi respuesta, comenzó a explicar todo lo que estaba haciendo.

—De acuerdo —concedí—, pero, ¿qué tengo que ver yo con esa historia?

—Que eres argentino —dijo Montse—, y supongo que te importará lo que está pasando en tu país.

—Sí, y lo que está pasando en Afganistán, y en el Líbano, y en Irán, y en el Chad, ¿sigo?

Montse dijo que no me hiciera el gracioso. Dije que nada de eso, que me importaban las catástrofes del mundo, pero que no solía vincularme a la Casa Afganistana o a la Casa Iraní o a la Casa Libanesa o...

—¡Basta! —gritó Montse—. Te creía más serio.

—Esa fue una de las causas de nuestro divorcio —le recordé.

Francesc reiteró su pedido de paz y, contrariamente a lo que supuse, Montse le hizo caso.

—No revolvamos el pasado —dijo, conciliadora—, no estamos aquí para eso.

Establecida una nueva tregua, Francesc retomó el discurso, dijo algo acerca de un acto multitudinario, en no sé qué asociación de Vía Layetana, una especie de mesa redonda con políticos, intelectuales, sindicalistas, donde, además, necesitaban a un tipo como yo.

—A mí no se me da bien el canto —dije—, y la única poesía que recuerdo casi de memoria es aquella del ombú, creo que es de Belisario Roldán: «Buenos Aires, patria hermosa, tiene su pampa grandiosa...»

—No te necesitamos para eso —interrumpió Francesc y detuvo otro gesto indignado de Montse—. Nos interesa que integres la mesa.

—¿Yo? —pregunté con asombro.

—Tú —dijo Montse, categórica—. Va un intelectual, un político, un sindicalista; también es importante que haya un apolítico, alguien como tú, que pasa de todo.

Obvié el asco con que lo había dicho y reconocí que sí, que pasaba de todo, incluso de esas mesas redondas. Francesc no se dio por vencido y ensayó nuevos argumentos para convencerme. Jamás supe cuáles fueron porque desde hacía un buen rato había dejado de escucharlo. Montse me descubrió.

—No pierdas tu tiempo —dijo—. No te escucha.

Se miraron como si yo fuese un gigantesco minusválido.

Era hora de irme. Agradecí la invitación y dije que había sido un placer conocer a Francesc. Parecíamos tres amigos que se estaban despidiendo después de una velada cordial. Francesc y Montse me acompañaron hasta la puerta. ¿Serían amantes? Estuve a punto de preguntarlo, pero desistí: nunca más vería a Francesc y haría lo posible por no ver a Montse. Me limité a besar la mejilla de ella y darle un apretón de manos a él. Bajé en el ascensor pensando en un gin-tonic con mucho hielo y limón.

III

EL ENCUENTRO IBA a ser a las seis de la tarde, en la oficina de ellos. Jordi reiteró que no tenía más información. Es gente que mueve mucha pasta, dijo, y pisa fuerte. Dijo que tendría que ser muy cauto, que sólo me limitase a escuchar. Asentí como un niño disciplinado y le pedí que repitiera la dirección: Aribau 329, casi esquina San Eusebio.

Llegué algo después de las seis. Una típica casa catalana de principios de siglo, aunque no parecía de gente que pisara fuerte. Busqué en vano al portero, pensé que estaría en la parte alta, dispuesto a comenzar con la limpieza: en las escaleras se acumulaba polvo anterior al Alzamiento Nacional. La oficina estaba en un entrepiso y la puerta carecía de cartel indicador, también carecía de timbre. Golpeé con suavidad, no se había apagado el eco cuando abrieron. El que me recibió dijo mi nombre, confirmando más que preguntando, y me hizo pasar. Salvo por su pulcritud, el interior estaba a tono con el resto del edificio: viejo y falso. Lo habían decorado para que se pareciera a una oficina: dos escritorios limpios de papeles, un mueble archivador de metal brillante, cuatro sillas esqueléticas y dos sillones de cuerina roja. Todo impecable y de bajo precio. En una de las paredes colgaba la foto panorámica de una isla (Pascua, alcancé a leer), una naturaleza muerta de artista desconocido y un plano de Europa, según versión del siglo XVII. Las otras paredes estaban desnudas. Además del mal gusto, no quedaba duda de que esa oficina era una formidable tapadera.

—Me llamo Lores —dijo el que me recibió—. Josep Lores. El señor Verges no tardará en llegar.

Aprobé con un gesto y acepté la invitación a sentarme. La ropa de Josep Lores contrastaba con la oficina. Llevaba un traje gris, de corte impecable, camisa blanca de seda y corbata azul, también de seda. Era delgado y alto, elegante sin esfuerzo. Uno de esos tipos capaces de hacerte la peor canallada y no perder su natural aplomo. Tendría algo más de cincuenta años y las manos esmeradamente cuidadas. Nos miramos en silencio. Yo iba a decir cualquier tontería, para matar el tiempo, cuando se abrió la puerta. Me puse de pie.

—El señor Verges —dijo Lores—. Mateu Verges.

Era algo mayor que Lores, más bajo y bastante más grueso. También usaba ropa cara, pero no se distinguía por su elegancia: estaba irremediablemente condenado a que cualquier cosa que se echara encima le quedase mal. Tenía el aspecto del catalán enriquecido por el Alzamiento. Sin duda, con el mismo énfasis que antes había negado su lengua, ahora la usaría exclusiva y heroicamente.

—¡*Molt de gust*! —dijo, para confirmar mi teoría.

Contesté en correcto castellano e hice una sonrisa internacional. Verges habló del bilingüismo, aquello de pensar en catalán, ¿*comprendre*? Dije que comprendía, que incluso comprendía el catalán, pero que no lo hablaba. Verges y Lores afirmaron en silencio, indulgentes. Por la pronunciación, dije. No lo hablaba por la pronunciación. Ellos repitieron el gesto de indulgencia, sólo les faltaba recitar a dúo algún fragmento de Verdaguer. Comenzaba a aburrirme, miré el plano de Europa, versión siglo XVII, y esperé que hablaran. Por fin, Lores dijo:

—Nos han dicho que usted puede hacer el trabajo.

Primero afirmé, después pregunté de qué trabajo se trataba.

—Una transacción comercial —dijo Verges—, que nosotros no podemos hacer.

Necesitaban un hombre de paja. No era la primera vez que lo hacía: brindaba buenos beneficios, sin demasiados riesgos.

—Entiendo —dije.

—Ginebra —dijo Verges.

No había entendido nada. No necesitaban un hombre paja, necesitaban evadir divisas: mayores ganancias, aunque mayor riesgo.

—Ahora es difícil —reconocí.

—La democracia —dijo Lores—, pero usted tendrá contactos.

Dije que sí y quise saber si era moneda extranjera. Dijeron que no.

—Es difícil —repetí.

—Pero no se niega —dijo Lores.

—No me niego. Sólo digo que no va a ser fácil.

—Por eso queríamos hablar con usted —dijo Verges y por primera vez parecía sincero.

Agradecí el gesto, iba hacer más preguntas pero Lores se adelantó.

—Si no tiene compromiso, esta noche podríamos cenar juntos.

Supuse que para cumplir con el ritual iríamos a la Estancia Vieja. Me equivoqué otra vez: la cita sería en el Giardinetto. Quizá en honor a mi apellido habían resuelto canjear gauchos por gondoleros. Convinimos reencontrarnos a las nueve de la noche y nos despedimos con la amabilidad del caso.

El portero seguiría por los pisos altos y en la escalera se había acumulado algo más de tierra, pero no era la higiene del edificio lo que ahora me preocupaba. Miré el reloj, no me quedaba mucho tiempo si quería darme un baño y cambiar de ropa.

IV

Estaban en la barra. Cada uno tenía un martini frente a sí y miraban en silencio hacia ninguna parte. Lores me vio e hizo una seña casi imperceptible con su mano derecha. Respondí inclinando levemente la cabeza y fui hacia ellos. Parecía el encuentro de tres viejos amigos: derrochábamos urbanismo y cordialidad. Me recomendaron un martini porque, aseguraron, ahí lo preparaban como se debe preparar. Nos demoramos en una disertación acerca del mejor modo de prepararlo y estuve a punto de aceptar la copa. Recordé que los martinis me hacían perder lucidez, inventé una excusa y pedí un whisky. Antes de que nos anunciaran que la mesa estaba lista, yo había bebido dos whiskies y ellos tres martinis. Tuve la infantil ocurrencia de que les llevaba ventaja.

—Hemos encargado unos *spaghetti* y después *envoltini* —dijo Lores.

—Lo que vosotros llamáis niños envueltos —bromeó Verges—. ¡Qué sentido de lo trágico tenéis! ¡Comer niños!

—Envueltos —completé.

La comida amenazaba ser tan incómoda como la vegetariana de la víspera. Al menos en este caso había una botella de chianti Rufino sobre la mesa. Iba a explayarme acerca de usos y costumbres cuando de golpe advertí que Josep Lores y Mateu Verges sabían mucho sobre mi país. No tenía por qué preocuparme: últimamente éramos noticia en casi todo el mundo.

Decidí ser el invitado ideal y me puse en manos de mis anfitriones. Hablamos de vinos, de fútbol, de economía y hasta de modas. No dijimos una sola palabra de mujeres y de política, dos temas siempre escabrosos. Así llegamos hasta la sobremesa. Sabía que con café, copa y puro hablaríamos, por fin, de lo que realmente nos interesaba. Pidieron Remy Martin.

—Como decíamos esta tarde —bromeó Lores.

Le dediqué una sonrisa y me escudé en la copa de cognac. Hasta ese momento Lores parecía más peligroso que Verges. Se lo veía más sutil, de palabra y gestos calculados, no lo imaginaba alzando la voz o riendo a carcajadas. Era uno de esos tipos a los que siempre se tiene ganas de golpear y nunca se sabe bien por qué. Verges, en cambio, por cada uno de sus actos se hacía merecedor de un golpe. Era bruto aunque se esforzara por disimularlo: mientras Lores hablaba sin casi mover las manos, Verges alzaba los brazos a cada palabra. En el fondo eran iguales: uno venía a ser la visión refinada del otro; y el refinado siempre es más peligroso que el bruto.

—Nuestra empresa —dijo— tiene ciertos valores que necesita sacar del país.

Habló del blanqueo de capitales y de la Delegación de Hacienda. Dijo que ahora soplaban otros vientos. «Es difícil hacérselo entender al resto de los socios, ellos miran el pasado», explicó, indulgente. Imaginé a los socios en el Valle de los Caídos, contritos frente a la tumba del Generalísimo, cantando *Cara al sol.* Dije que sí, que comprendía.

—Es un pasado que nos honra —intervino Verges—, pero sólo es el pasado. Ahora hay que mirar hacia el futuro.

Puso cara de mirar hacia el futuro, convencido de que había dicho una frase capaz de modificar el pensamiento contemporáneo.

—¿Comprende? —preguntó Lores.

Dije que comprendía. Era cosa de mirar al futuro y enviar unos dinerillos a Ginebra: habían sido cuarenta años de ahorro. La buena pasta, el buen vino y el buen cognac me hacían comprender todo. Debería comentarlo con Montse, para tirar por tierra sus absurdas teorías vegetarianas.

—Nos habían dicho que usted era de entender mucho y preguntar poco —ironizó Lores.

—Sólo lo necesario —dije—. ¿Cuándo quieren hacer la operación?

—Cuanto antes —se apresuró Verges.

Quedaba claro que el dinero les quemaba, esa prisa incrementaría el monto de mis honorarios. Se me ocurrió que Lores iba a retar a Verges por su torpeza.

—Bien —dije—, hay distintos modos.

Deseché la compra de obras de arte con facturas fraguadas. Reconocí que había sido un recurso astuto, pero les recordé que había dejado de tener valor el día que los inspectores de hacienda advirtieron que a la mayoría de los industriales españoles se les había despertado la vena artística. Dije que era muy riesgoso pasarlo por la frontera, disimulado con un contingente turístico, y todavía más riesgoso enviarlo en el interior de un maleta en un vuelo regular a Ginebra. Dije que yo no hacía ese tipo de trabajo.

—¿Entonces? —preguntó Verges.

—Por valija diplomática. —Ellos se miraron: estaba por complicarme de nuevo la vida, y todavía no sabía por qué.— Es más caro, pero más seguro —dije.

Era encantador verlos: parecían dos alumnos aplicados escuchando respetuosos al viejo profesor. Me demoré explicándoles con vaguedad de qué modo se podría realizar el trabajo. Dije, sin ninguna vaguedad, que ellos se ocuparan de los contactos. Volvieron a mirarse. Dijeron que habría un hombre en Ginebra, esperándome. Coincidimos en la Unión de Bancos Suizos para hacer la transferencia y depositar el dinero. Los trámites se podrían hacer en menos de una semana y la operación en un par de días. Estaban en el mejor de los mundos. Les hice saber cuál era mi precio, y ni pestañearon. Sentí que me había quedado corto, pero ya era tarde para corregir.

—Usted nos dirá cuándo será el Día D —dijo Verges, con aires de antiguo general americano.

—Cuarenta y ocho horas antes —dije, con aires de mariscal Montgomery.

Era el momento de la despedida, pero Lores había ordenado otra vuelta de Remy Martin. Hubiera sido un despropósito rechazarla. A partir de ese instante todo se convirtió en una sobremesa cordial; gentiles y distendidos hablamos de las tonterías que se hablan en las sobremesas cordiales.

V

En mi primera visita a Ginebra había entendido por qué el pueblo suizo es ajeno a la tragedia: es imposible ser trágico en medio de tanta pulcritud, puntualidad y silencio. No en vano, los griegos y los romanos son ruidosos e impuntuales. Sin embargo, más allá de la higiene, el tiempo y los gritos, había una razón más profunda que justificaba ese divorcio. En aquella primera visita no la descubrí. A orillas del Leman contemplé el persistente chorro de agua que, con puntualidad helvética, salía del centro del lago, y caminé las calles de la *ville*, controlando cada paso, por temor a ensuciarlas. A poco de andar comprendí que detrás de la cortesía los suizos vigilaban mis movimientos: dispuestos a no perdonarme la mínima desprolijidad. En la pulcritud y en el orden eran idénticos a los bancos que habían fundado; como los bancos, carecían de emoción. Nuevas transacciones comerciales me hicieron regresar y, como la primera vez, anduve por sus calles, incluso caí en el lugar común de navegar el Leman a bordo de un *bateau*. Esas nuevas visitas me confirmaron la ausencia de tragedia, pero no la razón última de esa ausencia.

Ahora, por fin, frente a la puerta del Hotel Moderne, un descolorido afiche de Guillermo Tell mágicamente me daba la respuesta: la puntería del arquero había condenado al pueblo suizo. La historia esta plagada de intentos filicidas que modificaron culturas y pueblos: Moisés y Edipo tuvie-

33

ron que salvarse de padres depredadores. Gracias a la generosidad de la hija del Faraón y al humanismo de Polibo, rey de Corinto, hoy sabemos de un Dios único y verdadero y sufrimos un complejo milenario. No fue fácil: Moisés tuvo que contentarse con ver la Tierra Prometida desde el Monte Nebo y Edipo se clavó en los ojos los broches de oro de Yocasta para no contemplar la catástrofe que había provocado. Fueron dos hechos calamitosos que Guillermo, prisionero de Gessler, no habrá tenido en cuenta cuando aceptó el desafío. Puntual y preciso, helvético al fin, Guillermo Tell clavó la flecha en mitad de la manzana y no en la frente de Guillermito, como tendría que haber sido. El pueblo suizo ganó un héroe hollywoodense, pero perdió sus posibilidades de ser trágico: se hizo bancario, fabricante de relojes, chocolates y quesos.

No me podía quejar: acababa de descubrir por qué a los suizos se les había negado la tragedia y estaba por terminar un trabajo que me dejaría buen dinero. Se había limitado a un vuelo de Barcelona a Ginebra, una visita a un diplomático amigo, una noche en el Hotel Moderne y ahora caminar hasta la agencia de la Unión de Banques Suisses, en el número 28 del Boulevard du Pont-d'Arve. La comisión que tuve que pagar había sido alta, pero el dinero había entrado en Ginebra sin inconvenientes. Apuré el paso, la cita con mi contacto era a las once de la mañana, en la puerta de la agencia. Sólo sabía que era italiano y que él me iba a reconocer. Llegué al 28 del Boulevard du Pont-d'Arve, me entretuve en una vidriera de relojes y caminaba hacia otra de tabacos cuando escuché que alguien decía mi nombre, con marcado acento italiano.

Era un poco más alto que yo y tendría mi edad, dijo que se llamaba Marcello Di Renzo y fue todo lo que dijo. Parecía muy seguro de sí mismo y como recién salido del baño. Olía a Aramis. Teníamos el mismo gusto para la colonia. Le ofrecí la mano y la apretó con fuerza. Me preguntó si hacía mucho que esperaba, le dije que no y con un ligero movimiento de cabeza señalé la puerta de la agencia. Di Renzo hizo su primera sonrisa.

—Aquí no —dijo.

Me desorientó. El operativo se había planificado en Barcelona y hasta ese momento funcionaba con la sencillez y la perfección de las grandes obras: en un prudente portafolios, descansaban las pesetas del traslado. No entendía este último pase: si el depósito no se iba a hacer en la Unión de Banques Suisses, ¿por que nos citábamos en la puerta de una de sus agencias?

—Nuestro hombre ahora está en rue de la Servette 75 —dijo Di Renzo.

·Caminamos un largo trecho sin hablar. Cuando estábamos cruzando el puente Sous-Terre quiso saber si me gustaba Suiza. Dije que sí y me dediqué a elogiar la puntualidad, la higiene y la neutralidad; parecíamos dos hábiles agentes de turismo intentando vender las virtudes del país. Comprendí que Di Renzo también mentía y me sentí mejor. Al llegar al 17 de rue de la Servette abandonamos los elogios a la Confederación y rápidamente bosquejamos cómo iba a ser el operativo: las pesetas se llevarían a dólares o a marcos, ingresarían provisoriamente en cuenta numerada, el número definitivo se lo darían a los catalanes, en Barcelona.

Nuestro hombre nos aguardaba en el segundo piso. Simpáticas secretarias, que hablaban en correcto castellano, nos llevaron hasta su despacho. En la puerta una pulcra chapa advertía que ahí operaba M. Franz Leuchert. Era corpulento, de pelo cano y tenía traje, camisa, corbata y gestos de alto ejecutivo de la Unión de Banques Suisses.

—Sean bienvenidos —dijo en castellano, con acento rioplatense.

Por un instante estuve a punto de revisar mi opinión de Suiza: en el resto de Europa casi nadie hablaba mi lengua.

—He vivido algunos años en su país —explicó Franz Leuchert e hizo que todo volviese a la realidad. Tuve que escuchar el elogio de la carne, «bife de chorizo», recordó, telúrico, y evocó nuestro trigo y nuestros campos: «El granero del mundo», dijo y se lamentó por nuestro magro crecimiento, «si a ustedes no les falta nada».

—¿También las secretarias vivieron en mi país? —pregunté.

Franz Leuchert ofreció una sonrisa cómplice y negó repetidas veces con pequeños movimientos de cabeza. Dijo que ellas tenían la obligación de aprender castellano: «Por el alto porcentaje de clientes latinoamericanos», explicó. Iba a decir que por eso no crecíamos, pero no era el lugar adecuado. Miré a Di Renzo, parecía ajeno a nuestra conversación. Comprendí que debía ir al grano. Dije que teníamos unas pesetas y Franz Leuchert, viejo jugador de póquer, no se inmutó por la cifra. Aconsejó comprar marcos alemanes y dijo que iba a colocarlos a plazo fijo, con renovación automática cada trimestre. Llamó a una secretaria, le dio las instrucciones en un francés algo acentuado, entregamos las pesetas y recibimos un escueto recibo. No había nada que temer: como la mafia, los bancos suizos siempre cumplen con lo pactado.

Nos pusimos de pie y estrechamos la mano de Franz Leuchert. Había una promesa implícita: a partir de ese momento olvidaríamos su rostro —él seguramente olvidaría los nuestros— y sólo recordaríamos el número clave de la cuenta. El no recordaría ni eso. Salimos a la calle en silencio, era la una del mediodía. Sentí hambre. Le dije a Di Renzo que podríamos comer algo.

—Conozco una *trattoria* magnífica en Aosta —dijo.

Pensé que se estaba burlando.

—Aosta está en Italia, del otro lado del Mont-Blanc —dije.

Di Renzo asintió.

—Por el túnel tardaríamos menos de una hora —dijo.

El progreso había perforado el Mont-Blanc, podíamos pasar de un país a otro gracias a ese largo corredor. Dije que era una magnífica idea y que nos merecíamos un buen chianti en esa *trattoria* de la montaña, quise saber en qué se especializaban. Di Renzo dijo que en cualquier tipo de pasta y que cocinaban una polenta irresistible. Hacía años que no comía polenta y mi avión a Francia salía a las nueve de la noche.

—¿Qué estamos esperando?

—Vamos a buscar mi auto —dijo Di Renzo.

Era un BMW que funcionó de maravillas. A poco de entrar en el túnel hubo que reducir la marcha: una larga hilera de coches nos obligó a ir a paso de hombre. La oscuridad o el andar pausado despertó una extraña nostalgia en Di Renzo.

—El Mont-Blanc —dijo, la vista perdida en el infinito y las manos aferradas al volante.

—El Mont-Blanc —repetí, sin convicción, pero solidario.

—Por aquí intentó escapar Mussolini.

—Entonces no había túnel —dije.

Habíamos detenido la marcha. Di Renzo continuaba con la vista al frente y las manos aferradas al volante.

—Mi padre era partisano —dijo—, estuvo en esta montaña, fue uno de los que atrapó al Duce. ¡Qué tal! Jugándosela allá arriba. Cierto, entonces no había túnel.

Por fin me miró, con la cabeza señaló a lo alto. «Allá arriba», repitió. Puso la primera e hizo avanzar al coche. Estaba orgulloso de su padre: el viejo italiano se había jugado la vida para terminar con el fascismo. Lo imaginé en su gastado uniforme de campaña, convencido de que la verdad estaba de su parte; seguro de que hacía lo recto ante los ojos del mundo. Imaginé al padre de Marcello Di Renzo pegando saltitos para protegerse del frío y miré a su hijo: conducía cómodo, gozando del aire acondicionado del BMW. Tanto heroísmo para finalmente engendrar un hijo evocativo, que cruzaba el Mont-Blanc por la parte de abajo, a escondidas, como un roedor. Estuve a punto de preguntarle qué había pasado con el viejo partisano, pero de golpe recordé a otro viejo, mi padre, que me llevaba de la mano a que escuchara los discursos de Alfredo Palacios. Aquello era una plaza de barrio, no el Mont-Blanc, pero ahora yo también iba como un topo por este túnel. Dejé la pregunta para otro momento y quise saber de qué modo me aconsejaba pedir la polenta en esa *trattoria* de Aosta.

VI

ABRÍ LA PUERTA. Todo estaba igual a como lo había dejado, acaso con algo más de polvo. La señora de la limpieza se haría cargo del polvo, yo tendría que hacerme cargo de la soledad. Fuera donde fuera, hiciera lo que hiciese, esto era lo que encontraría al volver. Dos sobres me esperaban en el piso; estaban franqueados, los habían arrojado por debajo de la puerta. Uno era de Mayte, madrileña, casada, infiel. Habíamos decidido repetir nuestra aventura de Madrid y planificamos un fin de semana en la Costa Brava, Tossa de Mar y un largo paseo por la ciudad fortificada. Mayte en pocas líneas explicaba la imposibilidad de su viaje, que otra vez sería, había dibujado dos palomas y había escrito «te quiero», más por costumbre que por sentimiento. Me consolé pensando que nunca segundas partes fueron buenas. Rompí la carta y le presté atención al otro sobre. Era de cierta sociedad evangélica, me trataban de hermano, y se empeñaban en explicar todos los beneficios que obtendría si de una vez por todas aceptaba a Dios Padre, único y verdadero. Me eché a reír, leí un par de veces la propuesta, pero seguí tan ateo como siempre. Me abandonaba Mayte y en su lugar me ofrecían a Dios, no me interesaba el cambio. Rompí la carta y por un instante pensé si no me estaría condenando al fuego eterno. Lo mejor era apagarlo con un buen whisky, me serví una buena medida, me quité los zapatos y caí sobre el sillón, con la mirada fija en el teléfono. «Es tiempo de que suenes», le dije y esperé a que se cumpliera la orden. Cuando sonó la campanilla creí que era una alucinación auditiva, pero el teléfono chirriaba real y cercano. Levanté el auricular con la secreta esperanza de oír la ignota voz de Dios: los evangelistas eran capaces de llegar de cualquier forma. Era Jordi.

—*Benvingut* —dijo.

—Pensé que eras Dios —dije.

—Soy Dios. Los miércoles, al caer la noche, adopto mi versión catalana. ¿Cuándo llegaste?

Le dije que hacía apenas unos minutos, que lo de Mayte se había pinchado y que unos evangelistas habían decidido utilizar el correo para traerme el mensaje de Dios. Dije que el correo funcionó bien, pero el mensaje no y que en ese momento estaba descalzo, bebiendo un whisky.

—Buscando un pecho fraterno donde morir abrazado —dijo Jordi.

—Nada de eso, lo de Ginebra fue diez puntos. Conocí a un italiano cojonudo y, por fin, descubrí por qué los suizos no son trágicos.

Pidió que se lo explicara y le dije que las grandes ideas nunca se dicen por teléfono, sólo personalmente o por carta. Le recordé las epístolas de Pablo y dije que no me iba a demorar en ejemplos de correspondencia que habían modificado la historia de la humanidad.

—¿Sabés de alguna idea fundacional que se haya dicho por teléfono? —concluí.

—Fundacionales no, pero te puedo dar un buen número de destrucciones que se lograron con sólo coger el auricular: Hiroshima y Nagasaki, sin ir más lejos —dijo—. Deberías volver a ver *Hiroshima mon amour*, no ha perdido interés.

Le expliqué que estaba hablando de otra cosa, que tenía que revelarle algo importantísimo y que me negaba a hacerlo por teléfono. Propuso que nos encontrásemos en un barcito del Borne, una hora más tarde.

—¿Estás en condiciones?

Dije que un buen baño me pondría cero kilómetro, que me sentía joven y fuerte. Dijo que no fuese gilipollas, que no era ni joven ni fuerte y que lo del baño habría que discutirlo. Aseguró que yo necesitaba un tónico especial, hecho de gin, ajenjo, azúcar, hielo y limón. Dijo que en ese barcito lo hacían como en ningún sitio, que no demorase en llegar.

Nuevamente, Jordi tuvo razón. Mi cuerpo desnudo bajo la ducha no fue ni joven ni fuerte; nunca más lo sería. Tampoco era cierto que un buen baño me pudiese poner cero kilómetro. El tónico que me había prometido quizá lograra sacarme de la niebla en la que me había metido.

El bar estaba casi vacío, descubrí a Jordi apoyado en la barra.

—Te llevo uno de ventaja —dijo—, puedo esperar a que me empates.

—Vengo cargado de casa —dije.

—Esto es otra cosa —dijo y me acercó un vaso estrecho, contenía un líquido de color impreciso, hielo y una rodaja de limón.

Era otra cosa. Primero sufrí un sacudón fuerte y frío, estuve por repudiar el brebaje, pero Jordi dijo que conservase la fe. No se equivocó: a la tercera vuelta ya había solucionado mis conflictos: me importaba poco la juventud perdida, me sentía fuerte y con ganas de hablar. Pedí una cuarta copa y pregoné mi teoría acerca del buen ojo y el buen pulso de Guillermo Tell. Termine la exposición, que se me antojó brillante, pero no advertí la menor sorpresa en Jordi.

—Eso ya lo ha dicho un escritor vuestro —sentenció—, muy conocido, por cierto.

—¡Qué decís!

—Digo que a la hora de plagiar busques a alguien de menor fuste.

Fue vano decirle que no era plagio. Fue vano decirle que podía ofrecerle innumerables casos de coincidencias históricas. Le dije que otro escritor, también de fuste, había dicho que de no haber existido él alguien hubiese escrito lo que él había escrito. Jordi, condescendiente, atribuyó la pobreza del argumento a mi alto contenido etílico. Dijo que esas cosas sólo se dicen en los reportajes. Insistió en que lo mío era un mero plagio.

Decidí defender al plagio como una de las bellas artes. La forma más refinada, la más perfecta: Shakespeare copiando a la Corín Tellado de su época para conseguir *Otelo*. La quinta vuelta nos llevó a la conciliación, ya no sabíamos bien acerca de qué estábamos discutiendo. Brindamos como borrachos de ley. Jordi me preguntó por Ginebra.

—Ahora sería conveniente una cerveza —dije.

—Tu viaje a Suiza. ¿Cómo fue tu viaje a Suiza?

—¿Suiza? —dije—. Ojalá que los trabajos siempre fueran así.

Ordené otra vuelta y eufórico le conté que todo había salido mejor de lo que yo esperaba. Le hablé de Marcello Di Renzo y le dije que habíamos ido a Aosta, a comer una polenta casi tan buena como la que hacía mi abuela. Estaba de verdad contento y no quería disimularlo. Ignoraba que aquello apenas había sido el prólogo de una historia no del todo feliz.

—Mañana a las once te esperan Lores y Verges —dijo Jordi.

—Para pagarme el dinero que con tanta astucia he ganado —dije y levanté el vaso.

—Prefiero ser inteligente a ser honrado —dijo Jordi—. Yago —agregó.

Esa noche, en aquel barcito del Borne, yo aún me consideraba astuto.

VII

LA PUNTUALIDAD NO ES una de mis virtudes, pero cuando se trata de cobrar soy virtuoso. El portero del edificio seguiría en huelga de brazos caídos, porque las escaleras continuaban acumulando tierra de las dos Españas. Golpeé la puerta y no fue necesario que repitiera el llamado, en la semipenumbra descubrí el rostro de Verges y su invitación a que entrase. Hizo un comentario acerca de la puntualidad sudamericana, quiso ser gracioso, pero no lo logró.

Josep Lores tenía la vista perdida sobre el antiguo mapa de Europa, giró la cabeza hacia mí, me dedicó una sonrisa y se puso de pie.

—Felicitaciones —dijo—. Salió tal lo previsto. Di Renzo tiene una magnífica opinión de usted.

Pensé en la polenta, en el padre partisano, en el túnel del Mont-Blanc. Pensé en roedores y pensé que no tenía que pensar en esas cosas.

—También yo guardo un grato recuerdo de él —dije.

Estábamos en el capítulo «formalidades» y debíamos cumplirlo al pie de la letra. Ellos y yo sabíamos que iba a ser muy breve: ni ellos ni yo teníamos mucho para decirnos. Hablamos de la condición nacional suiza. Lores envidiaba a los helvéticos. Era el destino que soñaba para España; especialmente para Cataluña. Estuve a punto de explicarle que era imposible, España no tenía a Guillermo Tell pero por fortuna le sobraban los Aguirres y los Quijanos.

43

—Aquí nunca se fabricarán buenos relojes —dije—, ni buenos chocolates.

—No hablo de eso —se indignó Lores—. Hablo de algo mucho más profundo.

Iba a decirle que yo también y de pronto comprendí que no estaba ahí para discutir el destino manifiesto de los españoles, sino para cobrar una cuenta por haber sacado dinero de España.

—Sin duda —condescendí—, muy pronto se parecerán a Suiza.

Verges intervino, con el énfasis que la sentencia requería.

—*Millors* —dijo.

—Serán mejores —dije e imaginé a Sancho, ya no repartiendo justicia como gobernador de Barataria, sino otorgando préstamos, a alto interés, como gerente de la Caixa de Pensions. Estuve a punto de reír, me lo impidió Josep Lores.

—Su país es un buen ejemplo —dijo.

—¿Mi país?

—Ustedes lo tienen todo —dijo Verges.

Me dispuse a escuchar el discurso: los mejores climas, las mejores carnes, el granero del mundo. Cuarenta y ocho horas antes lo había recitado un suizo, ahora tendría que aguantarlo de dos catalanes. No me sentía capaz de tanta paciencia. Levanté la mano con la intención de cortar la cantinela. Lores me desconcertó.

—¿No piensa volver?

—No está en mis planes inmediatos.

—Pero usted puede regresar. No es un exiliado —dijo Verges.

Debía cuidarme, se estaba produciendo una charla ping-pong: respuestas cortas para preguntas cortas. Eran dos contra uno y no podía descuidar una sola pelota.

—Nunca dije que lo fuera.

—¿No echa de menos a su tierra? —preguntó Lores, nostálgico.

—No lo suficiente como para pensar en hacer las valijas.

—¿Hace mucho que falta? —preguntó Verges.

—Mucho.

—¿Cuánto?

—Lo suficiente para no pensar en hacer las valijas.

—No se puede negar que usted es un genuino iberoamericano —dijo Verges y Lores aprobó.

Me estaban elogiando. Había una serie de códigos que, como las posiciones del yoga, sólo se aprendían con la práctica. Mientras me catalogasen como iberoamericano no corría peligro; debía cuidarme de que me considerasen sudamericano, era casi un sinónimo de delincuente. Decidí cerrar la boca y esperar el próximo movimiento. Sabía que por alguna razón estaban hablando de mi país, me faltaba saber cuál era esa razón.

—¿Qué opinión le merece lo que está pasando allá? —preguntó Verges.

—Ninguna. Estoy muy lejos, hace mucho que falto y me interesa muy poco la política —dije.

—Cierto —aceptó Verges—. No hay peor cosa que la política, ya lo decía el Generalísimo.

No entendía hacia dónde querían llevarme, pero me dejaba llevar. Lores elogió a la junta militar que gobernaba la Argentina. Dijo que a veces era necesaria una mano dura y adoptó cierto gesto castrense para decirlo. Dijo que la propia España era un buen ejemplo y enumeró lo conquistado en «cuarenta años de paz y progreso». Dijo que nosotros íbamos por ese camino y dijo otro montón de cosas que no hicieron más que aumentar mi aburrimiento. Había dejado de sospechar cualquier juego sucio, sólo parecían dos nostálgicos repitiendo una letanía; hasta sentí algo de lástima.

Fue mi error, pero lo descubriría algunos días más tarde. En ese momento me limitaba a consentir las tonterías que decían Lores y Verges. Quería cobrar mi trabajo y, sutilmente, volví a Suiza y a las bondades del sistema helvético. Dio resultado.

—Pero, claro, hombre, si estamos aquí por la deuda —dijo Lores.

—Para saldarla —agregó Verges—, para saldarla.

Tuve la sensación de que cualquiera de ellos me iba a matar y sentí que nada podía hacer para evitarlo: el mismo arrebato del condenado a muerte, minutos antes de subir al patíbulo. No era un condenado a muerte y ahí no había ningún patíbulo, apenas dos industriales catalanes, o especie parecida, a punto de pagar una deuda.

Lores abrió el primer cajón del escritorio y sacó un sobre de papel madera. Lo sopesó en la palma de su mano y se lo alcanzó a Verges.

—Esto es lo acordado —dijo Verges y me pasó el sobre—. Está en efectivo, puede contarlo.

Le dije que no era necesario. Nos despedimos con cordiales apretones de manos y me fui pensando que nunca más los vería.

VIII

La visita al parque de atracciones era mi ceremonia secreta. Eché una última mirada al living y cerré con doble vuelta de llave. El descenso a los infiernos, que en realidad era un ascenso, había que realizarlo en tres viajes. El primero, en metro, hasta Avinguda del Tibidabo. El segundo, en el *Tramvia Blau*, hasta el pie del funicular. El tercero, en funicular, hasta la puerta del parque. Era el fin del verano y era miércoles. Desistí del metro y tomé un taxi. Los catalanes, europeos al fin, continuaban ajenos a la buena costumbre del baño diario y en la intimidad de un vagón se notaba. El taxi me dejó al pie del tranvía azul. Era el único que quedaba en Barcelona y estaba condenado a ir constantemente desde Paseo de San Gervasio hasta el pie del finicular. Viajé acompañado por cuatro o cinco alemanes que cámara en mano se empeñaban en fotografiar todo lo que encontraban a su paso. Un persuasivo agente de turismo los habría convencido de las virtudes del parque. La alegría de los juegos, la visita a la iglesia, la subida al Cristo y la vista aérea de Barcelona, todo por el mismo precio. Seguramente el perspicaz agente de turismo no les habría hablado de lo único que justificaba la visita: el Museo de los Autómatas.

Un número impreciso de vitrinas (nunca quise contarlas) se alineaban en una gran sala, de techos altos y paredes descoloridas. En el interior de las vitrinas estaban los autómatas: marionetas del siglo pasado y comienzos de éste. Había parejas preparadas para danzar al ritmo del Gran Vals; había una inquietante bruja, dispuesta a dar la buenaventura; había un par de dolorosos payasos listos para castigarse sin cesar; y había cantores, campesinos, médicos, obreros de fábrica, magos y gnomos; todos esperando inmóviles y en silencio. Bastaba con poner una moneda en la ranura y durante un par de minutos podía recibirse la buenaventura o escuchar una orquesta o reír con los payasos. *Eche veinte centavos en la ranura.* Pensé en mi primera visita a esa sala infernal. Lo hice, pero no vi la vida color de rosa. Los autómatas y yo nos parecíamos: ellos a cambio de una moneda eran capaces de cantar y bailar y predecir la suerte y golpearse sin piedad. Yo no trabajaba por monedas, pero hacía lo mismo.

Alta, pelirroja, de piernas estrictas y rasgos afilados, había puesto toda su atención en los bailarines del Gran Vals. Me acerqué. No le molestó que me acercara. Comprendí que la ceremonia con los autómatas llegaba a su fin. El código era venir solo, pero no necesariamente tenía que irme solo.

Se llamaba Emilia y no era catalana. Dije que me dejara adivinar y me equivoqué: pensé que era de Bilbao y había nacido en La Coruña. Hubo bromas acerca de las identidades y de la imposible España, grande y única. Dije que no había razón para continuar ahí. Dije que podíamos comer juntos, propuse El Canario de la Garriga y le pareció una magnífica idea. Aunque realmente era muy bella, omití frases tontas acerca de su belleza: durante todo el trayecto hablamos de comida. Supe cuáles eran sus platos predilectos y cuáles sus vinos. Pedimos un Rioja del '69. Hice un comentario idiota acerca de esa cosecha. Se rió. Tenía una dentadura perfecta. Se lo dije.

—¿Odontólogo? —preguntó.

Negué en silencio.

—¿Qué, entonces?

—Desocupado.

Le serví más vino.

—¿Y la cuenta la vas a pagar con el seguro de paro?

No parecía preocupada.

—Tengo una tía rica que me quiere bien y siempre me ayuda.

Levantó la copa y brindó por mi tía rica. Cuando trajeron el café apenas había averiguado que se dedicaba al negocio de la moda, que estaba de paso por Barcelona, que no hablaba catalán, tampoco gallego, y que no tenía nada contra los catalanes. Propuse tomar una copa en un sitio adecuado y ella sugirió su casa, un apart hotel en el barrio de Gracia. Media hora después entrábamos en su departamento, yo aún creía en mi profundo poder de seducción.

La puerta había quedado abierta a mis espaldas, la cerré de un golpe preciso con la planta del pie derecho y atraje a Emilia hacia mí; incontables películas norteamericanas avalaban esa escena. No opuso resistencia, me besó antes de que yo lo intentara. Costumbres gallegas, pensé y dejé que se diera todos los gustos.

—Vinimos a beber una copa —dijo mientras me besaba suavemente el cuello.

No pude contestarle. Estaba inmovilizado y no pensaba hacer el menor gesto para liberarme. Se separó después de un rato, con ademán decidido echó su pelo hacia atrás y dijo que me sirviera algo, que ella ya volvía. Caminó hacia lo que, supuse, era el cuarto de baño. Recorrí la habitación con la vista y me acerqué a las botellas. Serví un trago y me dejé caer en un sillón, justo al lado de su cartera. Por un instante pensé que Emilia habría ido a otro sitio, las mujeres siempre llevan la cartera cuando van al baño. Recordé que estábamos en su casa, que ahí no era necesario. Bebí y me puse a jugar con el cierre. Siempre me interesó el contenido de esos pequeños cuernos de la abundancia, capaces de guardar todo: desde boletos innecesarios hasta alfileres de gancho, junto a pastillas anticonceptivas y pintura de labios y pintura de ojos y crema de manos y polvo para las mejillas y un libro de poemas y una cajita de Tampax. Me bastó un simple vistazo para comprobar que esa cartera no era diferente de la de las otras mujeres. Iba a cerrarla cuando descubrí la tarjeta, estaba disimulada entre las hojas de la agenda de teléfonos. Dejé de creer en mi profundo poder de seducción. En ese momento apareció Emilia. Lamenté que todo fuese a terminar así.

—A tu salud —dije y le acerqué la copa.

—A la tuya —dijo y buscó mis labios.

Eramos dos formidables cretinos. Se lo pregunté, sin dejar de besarla.

—¿Qué tiene que ver Josep Lores en todo esto? —pregunté.

Se apartó y me miró a los ojos. El asombro parecía real.

—¿Josep Lores?

—Josep Lores —repetí—. Y no mientas, que no convencés.

En su rostro se borró el asombro.

—Josep Lores —dijo lentamente, en voz baja, como quien intenta recordar.

Era tiempo de ayudarla.

—En tu cartera —dije—. La tarjeta está en tu cartera.

—¡No tienes derecho! —comenzó a decir.

—Sos una hija de puta —la interrumpí suavemente.

Tuvo una reacción inesperada. Sonrió con la más limpia de sus sonrisas y habló con la calma de una monja de clausura.

—En todo caso, puta —dijo—. Mi madre no tiene nada que ver. Simplemente puta. Me pagan por hacer mi trabajo. Igual que a ti.

—¿Quién te paga?

—Los mismos que te pagan a ti.

—¿Para qué?

—Tenía que averiguar si eras bocazas, si se te iba la lengua por cierto asunto en Ginebra. En una palabra, sacarte todo lo que pudiera.

—A cambio de una noche de sexo.

—No es tan mal negocio —dijo.

Efectivamente, no era mal negocio. Emilia, o como diablos se llamara, era una hembra magnífica, de esas que sólo se sueñan muy de noche en noche. Aprobé con un gesto ceremonial.

—Me alegro por tu ganancia —dije—. A ellos solamente les contarás que soy un buen chico, muy calladito.

—Capaz de guardar un secreto —dijo.

Estábamos sellando el pacto. Puse mis manos sobre sus hombros. Emilia aún esperaba el golpe, se mostró recelosa, como un perro confundido entre la caricia y el azote. La besé y sentí que se relajaba. La miré a los ojos.

—Hubiera lamentado que no fuese así —dijo.

—No mientas. No es necesario.

—No miento. Me gustas más allá de los pactos comerciales.

Sabía que era una mentira colosal, pero por un rato quise que fuera cierto. Comenzamos a desvestirnos como si fuera el último acto de nuestra vida.

—Igual que los autómatas —susurré.

Un hijo de puta había puesto las monedas, y nosotros bailábamos al compás de su música.

IX

ESTABA POR RESIGNARME a la ausencia de Jordi cuando detrás de la puerta escuché un *qui és*, ronco y adormilado. Dije que era yo. Pidió que esperase un segundo. Fueron casi cinco minutos. Estaría con una mujer. Lo imaginé pidiéndole que se cubriera, cubriéndose él, y sonreí: el misógino sorprendido con las manos en la masa. Abrió la puerta y me invitó a pasar. El departamento olía a cerrado y a humo, había clima de pacientes partidas de póquer, no de tumultuosas horas de sexo.

—¿Quién es? —pregunté.

—¿Quién es quién? —dijo Jordi, tenía la cara fresca, sin una pizca de modorra.

—La mujer que está con vos.

—Otra vez te has desayunado con brandy. Ven, creo que queda café de anoche.

Contuve las ganas de ir a curiosear al dormitorio y lo seguí. Era una estrategia indigna de él: llevarme hasta la cocina para cubrir la fuga de su amante. Me detuve en el marco de la puerta, desde ahí podía vigilar el resto del departamento. A Jordi no pareció importarle. Retiró la cafetera del fuego y me sirvió una gran taza.

—Bébelo de un trago —dijo—, mejor amargo.

—¿Con quién estás? —pregunté en voz baja, en tono de súplica, y señalé hacia el dormitorio.

—Con Quevedo —dijo.

—¿Pilar Quevedo? ¿Monserrat Quevedo? ¿O acaso Ana Quevedo? —dije en voz baja.

—Con Francisco de Quevedo y Villegas —dijo Jordi y caminó hacia el dormitorio; lo seguí.

Sobre la cama había diferentes libros, desparramados sin ton ni son. Recordé que de chico, más allá de las tradicionales *Memorias de la princesa rusa*, solía masturbarme con las rubias platinadas, de portaligas oscuros y ropa interior de seda, que capítulo sí capítulo no se acostaban con Mike Hammer. A la hora de elegir un clásico hubiera recurrido a *Nacha Regules*, pero jamás habría pensado en Quevedo. Se lo dije.

—Tú sólo piensas en la vagina —dijo—. Estaba estudiando la visión escéptica que don Francisco tiene de las mujeres. No fue ni sentimental ni patético, como supo advertir uno de tus compatriotas.

Me sentí defraudado. Dije que también yo tenía una versión escéptica de las mujeres y le conté mi episodio con la puta del Tibidabo.

—Me están vigilando, ¿te das cuenta? ¿Para qué carajo quieren vigilarme?

—Oye, tío, ya te inventas otra policiaca.

—No invento nada —dije—, me están vigilando. Y cuánto mejor queda policial que policiaca, suena más a policial, ¿no? Creo que ponerle ese acento en la "a" hace que la entonación suba y después se caiga de golpe.

—Todas las cosas por lo general se caen de golpe. Si se trata de algo vinculado con la policía, siempre. Además, me importa muy poco: en mi lengua se escribe y se pronuncia de otro modo.

Era una discusión inútil.

—¿Por qué me estarán vigilando? —dije.

—¿Y si se lo preguntaras? —sugirió Jordi.

—Gran idea —dije—. Te agradezco el café y te dejo con Quevedo, ya habrá tiempo de discutir acerca de los acentos. ¿Estarán en el despacho?

—Seguramente, aunque no preocupados por la visión escéptica que don Francisco tenía de las mujeres. Tampoco por los acentos, no te desilusiones por eso.

—Tranquilo —dije—, hablaremos de otra cosa.

—No dejes de contarme.

En la puerta de calle chasqueé los dedos, pero los taxis dispuestos y obedientes sólo aparecen en las viejas películas norteamericanas. Tuve que caminar tres cuadras para conseguir uno. Le indiqué la dirección y utilicé el viaje para imaginar los diferentes modos de encarar el problema. No me convenció ninguno y decidí improvisar. Charlie Parker en su peor momento.

Me recibió Verges.

—Por fin —dijo, en tono lúgubre.

Emilia les habría ofrecido el informe completo, para eso le habían pagado. Lores ni siquiera se puso de pie, por un instante imaginé que me iban a echar. Sin embargo, pidieron que entrara. Nunca los había visto así. No me importó: yo tampoco tenía ganas de hacer relaciones públicas.

—¿Qué se traen entre manos? —pregunté.

—¿Entre manos? —se sorprendió Lores.

—Sí. Contrataron a una puta de categoría sólo para saber si yo me había ido de boca. Me parece un gasto ridículo.

—No es un gasto ridículo —dijo Verges.

Le pedí explicaciones. Dijo que había tiempo, que me pusiera cómodo. Ofreció café. Me puse cómodo, o intenté parecerlo, y dije que no quería beber nada.

—¿Por qué me iba a ir de boca?

—Porque hay gente que tiene esa mala costumbre —dijo Lores.

Verges levantó una carpeta la agitó ante mis ojos y la depositó nuevamente sobre el escritorio.

—Las cosas de Ginebra se complicaron.

Era imposible que la Unión de Bancos Suizos les hubiera jugado una mala pasada.

—¿Qué pasó? —pregunté.

—Marcello Di Renzo —dijo Verges.

—El pobre Di Renzo —agregó Lores y señaló la misteriosa carpeta, como si allí se guardara la explicación de todo.

—El pobre Di Renzo fue apresado por la Brigada de Delitos Monetarios —completó Verges.

No se trataba de Suiza sino de España. Con la llegada de la democracia, la Brigada trabajaba jornada completa y a veces detenía a algún pelagatos. No era una noticia para alegrarme: yo también estaba complicado en ese negocio.

—¿Habló? —pregunté, esperando lo peor.

—Nada. No dijo nada —me tranquilizó Verges—. Di Renzo no es de hablar.

—Todo depende —agregó Lores.

Me estaban obligando a participar en un juego siniestro. No tenía ganas de jugar.

—¿Depende de qué? —pregunté.

—Depende de nosotros —dijo Lores—. Depende de usted.

Le pedí que fuese más claro. Volvió a tomar la carpeta y acarició suavemente su tapa; después me explicó por qué todo dependía de mí. Di Renzo estaba contratado para hacer otro trabajo, la detención lo dejaría un tiempo inactivo, y ellos habían pensado que yo podría reemplazarlo. Tuve el mismo malestar que había tenido en la visita anterior y otra vez pensé en los autómatas del Tibidabo.

—¿Qué tipo de trabajo? —pregunté.

—Usted es lo suficientemente astuto para saber que lo de Ginebra era sólo el principio —dijo Verges.

Aprobé con gestos de ser suficientemente astuto. No debía defraudarlos.

—Apenas el dinero que íbamos a necesitar para la operación importante —dijo Lores.

—¿Lo va entendiendo? —preguntó Verges.

Mejor continuar con la cara de infeliz que desde hacía

rato había adoptado: yo necesitaba conocer el final de la historia.

—¿Operación importante? —pregunté.

—El trabajo verdadero —dijo Lores.

Cada cual atendía su juego: Lores, amable y comprensivo; Verges, duro y terminante. Dos torturadores frente a la presa. Inexplicablemente, tuve ganas de reír. Decidí que ya era tiempo de canjear mi cara de infeliz por otra más a tono: indignación, por ejemplo.

—Me cansaron con tantos misterios —dije, indignado—. Sean claros.

Con una simple mirada, Lores le cedió la palabra a Verges.

—Recibe poca correspondencia —dijo y consultó un papel—: la carta de una tal Mayte, de Madrid, y un folleto de los evangelistas.

Por un instante se me ocurrió que eran funcionarios del gobierno, y me sentí importante. Habían montado un sofisticado operativo para investigarme, lo deseché de inmediato: yo no era tan célebre. Tuve ganas de gritar, de golpearlos, de hacer algo escandaloso.

—Soy poco sociable —dije.

—Cierto, también ve a poca gente —dijo Lores.

—Eso es bueno —agregó Verges—. Se nos ocurrió que usted puede reemplazar cómodamente a Di Renzo: tiene pocos amigos y habla poco.

—¿Reemplazarlo? —pregunté, y por un momento me vi en la Cárcel Modelo.

—Hacer un trabajo, el que él iba a hacer, en su país —dijo Verges.

—¿En Italia? —pregunté.

—*Su* país. El suyo —dijo Verges, señalándome.

Me eché a reír, era la válvula que necesitaba y como por arte de magia se había soltado. Reí y reí, con todas las ganas del mundo; como hacía tiempo no reía.

—Este es mi país —dije.

Verges y Lores volvieron a negar.

—Usted sabe que no —dijo Lores y señaló hacia el infinito—. Su país esta del otro lado del océano.

Verges asintió, y con la misma paciencia con que un abuelo sabio narra una historia a su nietito, comenzó a contarme para qué me querían en Buenos Aires.

X

—Por el tema de las autopistas —repetí.

Jordi seguía sin entender. Eran las once de la mañana y sólo habíamos bebido café, no se podía atribuir a un alcohol temprano.

—¿Qué hiciste anoche? —pregunté.

—Entretuve mi insomnio investigando cuál, de todos, podría ser el nombre real de la mujer de Sancho Panza.

—Ultimamente te están interesando las mujeres.

—Sólo las de ficción, son mejores que las otras: puedes hacer con ellas lo que quieras, nunca se enfadan ni te regañan y casi todas han sido creadas por el hombre; lo que es una garantía. Mira lo que te pasó a ti con esa dama del Tibidabo.

Se dejó caer sobre el sillón y comenzó a desentonar *Chorra* en una deplorable mezcla de porteño y catalán.

—No es para bromas —dije.

Aseguró que no bromeaba y pidió que le explicase otra vez eso de las autopistas. Me armé de paciencia y comencé de nuevo. Dije que los militares que gobernaban mi país (ya era tiempo de nominarlo «mi país») habían resuelto encarar obras de gran envergadura, obras faraónicas.

—Esas que no se pueden dejar de ver desde cualquier sitio —expliqué—. Una vieja costumbre fascista: Hitler lo hizo en Alemania y Mussolini en Italia.

—Nuestro caudillo, en cambio, con refinado criterio decidió agrupar todo en el Valle de los Caídos.

—El golpe de Estado frustró nuestro Altar de la Patria.

—¿Altar de la Patria?

—Iba a ser algo así como el Valle de los Caídos, aunque en plan subdesarrollado. Era un sueño de López Rega, pero el Brujo no contaba con los miles de esclavos con que contó tu caudillo. Al pobre Lopecito le tocó ejercer bajo un régimen supuestamente democrático. Fijate que en el fondo, al caudillo, al Brujo y a la junta militar les inquieta la misma idea: construir un enorme cambalache. Se acabó el Altar de la Patria, pero en cambio alzarán autopistas en medio de la ciudad. No van a servir para nada, pero se verán de todos lados y dejarán buenas ganancias. Todo atado y bien atado, diría tu caudillo.

—¿Tu problema es moral? —se sorprendió Jordi.

—No, sólo que no quiero hacer ese trabajo.

—Claro, y no te veo a ti como paleta, fratacho en mano, construyendo autopistas —dijo.

En ese momento descubrí que aún no le había contado cuál iba a ser mi papel en esta comedia de enredos. Le expliqué que el dinero que había llevado a Ginebra era apenas el primer acto.

—La obertura —dije—, si querés un ejemplo más musical.

Le pregunté si recordaba al italiano de la polenta, el que me había llevado a aquella *trattoria* en Aosta. Marcello Di Renzo, dije, como si pronunciar el nombre fuese suficiente. Di Renzo, repetí, estaba listo para partir a Buenos Aires, pero lo pescó la Brigada de Delitos Monetarios y en lugar de aterrizar en Ezeiza fue a parar a la cárcel Modelo. Jordi dijo que lo sentía mucho y quiso saber qué tenía que ver yo con todo eso.

—Quieren que reemplace a Di Renzo —dije—. Quieren que viaje a la Argentina.

—Todavía no sé en función de qué. Tu capacidad para el relato se ha deteriorado seriamente en estos últimos días —dijo y echó whisky en dos copas, me alcanzó una—. Esto quizá te ayude.

Bebí un trago y le expliqué que el gobierno argentino había llamado a una licitación internacional para la construcción de las autopistas. Lores y Verges representaban a una poderosa constructora que pensaba presentarse a esa licitación.

—En Buenos Aires tengo que ponerme bajo las órdenes de un pez gordo, ajustar con él los precios de la oferta y hacer los pactos necesarios hasta conseguir la adjudicación.

—Y el dinero depositado en Suiza serviría para acelerar los trámites —dijo Jordi.

—Y aceitar a quien sea necesario —completé—. No tengo ganas de viajar a mi país, y mucho menos de hacer ese trabajo.

—Niégate —dijo Jordi.

—No puedo.

—¿Por qué no puedes decir que no?

—Porque me tienen agarrado. Me han explicado que Di Renzo continuará con la boca cerrada si ellos se lo piden, y ellos se lo van a pedir si yo acepto reemplazarlo en Buenos Aires. Si digo que no, Di Renzo habla y yo también voy a parar a la Modelo. Conocen casi mejor que yo lo que hice en estas últimas semanas, no soy lo que se dice un ciudadano respetuoso de las leyes, y ellos pueden probarlo. ¿Lo vas entendiendo?

Jordi estuvo un instante en silencio, acariciándose el voluminoso bigote.

—Te entiendo —dijo—, mucho más de lo que supones. Es grave, mucho más de lo que supones. ¿Qué vas a hacer?

—Todavía no lo sé —dije y, efectivamente, no lo sabía. En más de una ocasión había fantaseado con mi regreso, aunque fuera de visita, pero esas ocasiones casi siempre, o siempre, estaban presididas por buenas dosis de alcohol que, inevitablemente, te despiertan la nostalgia. Ahora los catalanes pretendían hacerme regresar sobrio y lúcido, y de esa manera no tenía ganas de volver: no era un país para ir estando sobrio y lúcido.

—Veamos —recapituló Jordi—, si te niegas te expulsan del reino, y si aceptas te envían al infierno. No es fácil lo tuyo. ¿Es duro lo que tienes que hacer?

Me estaba poniendo a bordo de un Boeing de Iberia, después de una corta despedida en el Prat. Negué una y otra vez con la cabeza.

—¿No? —dijo Jordi.

—No me quiero ir —dije—. ¿Qué puedo hacer?

—En ocasiones como éstas Betteredge recurría a *Robinson Crusoe* —dijo y ante mi estupor, completó—: *La piedra lunar*, Collins, deberías releerlo; o leerlo, si no lo has hecho.

Con un gentil movimiento de manos contuvo mi furia y se dirigió a la biblioteca. Tomó una antigua edición de *Robinson Crusoe* y la abrió en cualquier sitio.

—Veremos qué nos depara el azar —dijo y leyó—: página 127: «Ahora comprendo lo necio que es dar principio a una operación cualquiera, antes de...», etcétera. Reflexiona acerca de esto: ¿tienes alguna posibilidad de negarte?

Dije que no.

—Entonces, mejor piensa en cuáles serán tus beneficios ¿Obtendrás buena pasta?

Dije que sí.

—Brindemos —propuso y llenó otra vez la copa.

—No brindamos un carajo —dije—. ¿Cómo tengo que explicarte que *no me quiero ir*, que no me interesa este asunto?

—No me lo tienes que explicar a mí, se lo tienes que explicar a ellos.

—No admiten explicaciones —dije.

—Te han cogido —dijo.

—Me han cogido —repetí, mecánicamente.

Jordi se echó a reír mientras daba palmaditas sobre sus piernas.

—Fíjate qué curioso —dijo—, por primera vez la palabra tiene idéntica acepción en tu tierra y en la mía.

XI

ERA EL ÚLTIMO encuentro con Josep Lores y Mateu Verges antes de mi inapelable partida. En esa misma oficina de Aribau y San Eusebio habíamos tenido otras tres reuniones, todas destinadas a hacerme saber de qué modo debía trabajar en Buenos Aires. Sobre el escritorio habían distribuido los documentos que llevaría conmigo. Verges los fue enumerando mientras los señalaba.

—Actas de constitución de la sociedad, memorias y balances, referencias bancarias y comerciales, fotos de las diferentes obras viales que hemos realizado. Y por supuesto, la oferta —levantó un sobre abultado—, que usted tiene que presentar en la licitación.

—Y lograr que nos la adjudiquen —completó Lores.

Quise saber cómo me comunicaría con ellos una vez que estuviese en la Argentina. Dijeron que casi no iba a ser necesario. Verges señaló hacia el escritorio.

—Esos papeles le abrirán todas las puertas —dijo.

Y el dinero depositado en Suiza se ocupará del resto, pensé pero no lo dije. No me pagaban para formular juicios éticos o morales.

—Nosotros viajaremos a Buenos Aires una vez adjudicada la obra. Pero por cualquier urgencia —dijo Lores y me alcanzó una tarjeta—, llame a este teléfono.

Guardé la tarjeta en el bolsillo superior del saco y les recordé que aún no me habían dicho a quién tenía que ver allá.

—Zavala. Néstor Zavala. Ese es nuestro contacto —dijo Verges.

Oí que Zavala, además de ser un brillante empresario, era

un caballero como los que ya quedan pocos. Vergés me aseguró que podía confiar plenamente en él. Dijo que sabía de mi viaje, que me estaba esperando.

—Lo recibirá con los brazos abiertos —concluyó Verges.

Me dieron el pasaje de Iberia, el *voucher* del hotel —era el Sheraton—, algún dinero en efectivo y cheques del viajero. Zavala se haría cargo de cubrir otros gastos imprevistos. Tuve que firmar un comprobante por todo. Lores se había ocupado de juntar la documentación que estaba sobre el escritorio y la había puesto en el interior de un portafolios.

—Esto es lo que falta —dijo y me alcanzó el portafolios.

—No creo que sea necesario desearle suerte —dijo Verges—, usted es lo suficientemente astuto para lograr lo que se propone.

Tal vez se estaba burlando de mí. Le agradecí el cumplido y nos despedimos.

En el bolsillo del saco llevaba el dinero y el pasaje, en el portafolios toda la papelería: mi viaje a la Argentina había dejado de ser un proyecto para convertirse en algo real e inevitable: en dos días iba a estar en el aeropuerto de El Prat y, en tres, en Ezeiza. Necesitaba caminar un poco. Tomé derecho por San Eusebio y llegué hasta Príncipe de Asturias, de ahí subí a Plaza Lesseps. Honestamente, me importaban poco las calles de Barcelona: la nostalgia nunca fue mi mayor preocupación. Estaba muy cerca de casa. Caminé más rápido, iba a emborracharme hasta quedar de cama.

Dejé el portafolios al costado de un sillón, puse el saco sobre el respaldo de una silla y tiré la corbata en cualquier parte, después me serví una medida de whisky y dejé la botella a mano para continuar con la ceremonia. Debía ser en penumbra. Me disponía a apagar la luz cuando sonó la campanilla del teléfono. Era Montse.

—Tengo que hablar contigo —dijo.

—No es un buen momento —dije.

—Estoy a sólo tres calles de tu casa. Es importante —insistió.

Tardó algo menos de diez minutos, tiempo suficiente para servirme otras dos buenas medidas. Oí el sonido de sus pasos por el pasillo y abrí la puerta antes de que tocara el timbre. Me besó en los labios.

—Has estado bebiendo —dijo.

Elogié su agudo sentido de la observación, busqué un vaso y se lo ofrecí.

—Sabes que lo he dejado —dijo.

—Ese es tu error —dije—. Sos mi invitada. En tu casa tuve que aguantar la leche hervida, aquí ofrecemos JB. No te podés negar.

—Tú te negaste.

—Porque tengo una indeclinable línea de conducta. La última vez que tomé leche fue del pecho de mi madre, hace muchísimos años, y porque no me quedaba otro remedio. Desde entonces no volví a probarla. Vos no podés decir lo mismo del whisky: hasta el desdichado día en que te complicaste con el rollo de la vida sana lo bebías con total alegría. ¡Días felices!

—De eso te quería hablar.

—¿De los días felices?

—No, de la última vez que estuviste en casa. Fue muy desagradable —dijo Montse.

—Muy desagradable —repetí y me dispuse a oír sus críticas: me había acostumbrado a ellas, ya no me hacían nada.

—Tienes que perdonarme —dijo.

Definitivamente, estaba borracho. Sólo en medio de una borrachera atroz podía oír a Montse pidiendo perdón por algo. Sin embargo, no había tomado más de cuatro copas.

—¿Perdonarte? —dije y la invité a sentarse en el sillón. Me senté a su lado.

—Sí, aquella noche te agredí sin motivos.

—Bueno, también podría decirse que me homenajeabas. Es el tipo de comida que has elegido —dije, indulgente.

—No hablo de la comida. Hablo de lo que te dijimos, Francesc y yo.

Pocas veces había visto a Montse tan comprensiva; lo que puede la dieta macrobiótica.

—Bueno, sí —dije—. No fue de muy buen gusto invitarme a comer para presentarme a tu amante.

Se echó a reír compulsivamente. Se había puesto un vestido suelto, que le disimulaba las formas del cuerpo. No estaba seguro si llevaba corpiño.

—¡No tienes remedio! ¡Francesc, mi amante! ¿Por quién me has tomado?

—Bueno, parece un muchacho sano —dije y me acerqué unos centímetros, con la única intención de descubrirle los breteles por el mínimo escote de su vestido.

—Estas celoso, tonto.

No tuve tiempo de decirle que no. Se colgó de mi cuello y me besó como en los mejores momentos. La abracé, no llevaba corpiño. Nos desvestimos ahí mismo, sobre el sillón. Fue una liturgia lenta y silenciosa, que hacía mucho tiempo no practicábamos. Montse abrió la marcha hacia la cama, yo la seguí con la botella de whisky bajo el brazo y dos copas en la mano. La comida vegetariana no le había hecho perder sus buenas formas.

Sé que nos entendimos perfectamente y sé que en algún momento sonó el teléfono; no recuerdo otra cosa. Me desperté con la boca seca. Un vaso con whisky era el líquido que tenía más a mano, lo bebí de un trago. Montse estaba junto a mí, también despierta.

—Hablabas en sueños —dijo.

—Supongo que será más agradable que roncar, ¿qué decía?

—No sé, no se entendía bien. Creo que estabas soñando con tu país.

—Lo dudo. No es un país para soñar.

—¿Nunca pensaste en volver?

A veces me imaginaba volviendo en barco, en un enorme transatlántico copiado de una vieja película de inmigrantes, con Carlos Gardel cantando entre los pobres de la Tercera. A veces el viaje era en avión, mucho más rápido, pero menos espectacular, y Gardel no actuaba.

—Nunca —dije.

—Sin embargo, pronto vas a ir —dijo.

—¿De dónde sacaste semejante disparate? —intenté un auténtico gesto de sorpresa.

—Intuición femenina —dijo y me abrazó.

El único que sabía de mi viaje era Jordi, y Jordi no podía habérselo contado.

—¿Quién te lo dijo?

—Pura intuición. ¿Te vas por mucho tiempo?

Negué con la cabeza.

—¿Por poco?

—No me voy, eso es todo. Si lo dije en sueños, sólo era un sueño. O mejor: una pesadilla.

Había dejado de abrazarme, estaba literalmente montada sobre mi cuerpo.

—Mira que eres tonto. Tarde o temprano lo iba a saber.

—¿Quién te lo dijo? —volví a preguntar, era lo único que me preocupaba.

—¿Te cuesta tanto creer en la intuición femenina?

—Casi tanto como creer en Dios, ¿quién te lo contó?

Comenzó a moverse, erguida y perezosa, al ritmo de quién sabe qué música interna. Le tomé las manos y miré su rostro: había cerrado los ojos y se mordía suavemente los labios. Decidí dejar la pregunta para más tarde. Nos volvimos a entender sin reproches, y esta vez no sonó el teléfono.

—¿Quién te lo contó? —insistí, después.

Montse saltó de la cama y se dirigió hacia el baño. Desde ahí habló:

—¿Es viaje de ida y vuelta? —preguntó.

—No pienso viajar a ningún lado.

Dijo que parecía un nene caprichoso, que no ganaba nada tratando de ocultarlo. Repitió que tarde o temprano ella lo iba a saber.

—De acuerdo —concedí—, pero quién te lo ha dicho.

—Nadie, no me lo dijo nadie. No fue necesario. Casi tropecé con el billete de Iberia camino al lavabo, estaba en el piso. Lo puse sobre la mesa. ¿Por qué tanto misterio?

Era muy difícil que se me hubiese caído del bolsillo del saco. Seguramente Montse había estado husmeando aprovechándose de mi sueño. En lugar de intuición femenina había sido curiosidad, que también tiene nombre de mujer.

—No es ningún misterio. No suelo publicitar mis viajes en sociales de *La Vanguardia*.

Dijo algo así como que *La Vanguardia* no tiene sección sociales, o creí oír eso. Al rato apareció en el marco de la puerta, totalmente vestida. Me había dejado en inferioridad de condiciones, me cubrí con la sábana.

—Sospecho que nos veremos antes de irte —dijo y me besó en la frente—. No te molestes en acompañarme.

Prometí que la llamaría por teléfono y desde la cama la vi irse. No llegó a abrir la puerta. Desde la cama también la vi volver. Estaba otra vez en el dormitorio.

—Puedes hacernos un enorme favor. Se me ocurrió hace un momento —dijo.

Por casi cinco minutos habló acerca de la inapreciable tarea que estaba desarrollando la Casa Argentina en Barcelona. Pensé que iban a organizar otra mesa redonda. Tal vez Montse creía que éste era el mejor modo de convencerme.

—No insistas —dije—, no me interesan esas mesas redondas.

—¿De qué hablas? —dijo—. No se trata de una mesa, se trata de una carta.

—Una carta —dije.

Montse se había sentado en el borde de la cama.

—¿Quién mejor que tú para llevarla? —dijo—. Es para un amigo.

Aseguró que me iba a dar el sobre antes de que yo me fuera, después simplemente tenía que entregarlo y ahí acababa mi tarea.

—No te puedes negar —concluyó.

Podía negarme, pero no lo hice. Oficiar de correo me pareció menos tedioso que participar en una mesa redonda.

XII

No fue como tantas veces lo había imaginado. Sólo me acompañaron Montse y Jordi, y ni uno ni otra mostraron la menor pizca de dramatismo. Formábamos una suerte de trinidad, nada santísima, de pie y en silencio, a la espera de que de una vez por todas llamasen a embarcar. Por más voluntad que pusiese, el aeropuerto seguía siendo el de Barcelona, no el de Casablanca, y el avión que ya carreteaba por la pista era un potente Boeing de Iberia no un precario bimotor de marca desconocida. En esta película el que se iba era Rick. Ilsa y Victor quedaban en tierra. No pude evitar una sonrisa. «Nunca te vas a tomar las cosas en serio», se quejó Montse. Dije que nunca y le frustré cualquier posibilidad de pelea.

Llamaron a embarcar y en ese instante comprendí que ya no había forma de echarse atrás. Tuve la fantasía de que iba a sonar el timbre de alarma en cuanto pasase el marco de seguridad. Montse y Jordi quedaron del otro lado de las puertas. En pocos minutos dejarían el aeropuerto y regresarían a la Barcelona que yo estaba abandonando. Seguramente irían a beber algo, porque era el mediodía y era hora de beber algo. Seguramente habría algún comentario referido a la política, o al tiempo, o al caos de la autopista de El Prat, o a cualquier otra tontería. Seguramente me iban a dedicar un momento de la charla. Antes de despedirse se prometerían llamadas que nunca iban a cumplir; después cada uno regresaría a su casa. También a mí me tocaba regresar. No me había detenido el timbre de alarma, tampoco la pantalla de control de equipaje: era un respetable pasajero que no llevaba nada comprometedor. Ni el timbre ni las cámaras de rayos X logran detectar la mala conciencia.

La voz en *off* de una azafata explicó, en castellano y en inglés, cómo debíamos comportarnos en caso de que el avión entrase en emergencia. Otra azafata hizo la mímica de esas instrucciones que de nada servirían si de verdad el avión entraba en emergencia. Tenemos necesidad de que nos mientan a cada rato, con la sola condición de que la mentira sea verosímil. Me ajusté el cinturón de seguridad, dispuesto a enfrentar un viaje que sería tan aburrido como ir en subte; aunque muchísimo más largo. A Jordi podrían interesarle las sorprendentes similitudes de una travesía bajo tierra y una travesía aérea, a mí no. Una pareja de cierta edad iba a ser mi compañera de asiento. Era preferible eso a nene inquieto con madre complaciente o señor aburrido con ganas de conversar. Es poco lo que se puede hacer en esta clase de vuelos: sonreír a la amable azafata aunque te haya despertado —«¿El señor desea beber algo?»— justo en el instante en que lograbas dormirte, comer un menú de plástico y ver alguna película que rara vez coincide con tus gustos. También se puede leer y se puede pensar. Ahora más que nunca necesitaba una novela de aventuras porque estaba a punto de meterme en mi propia novela y no tenía ganas de hacerlo. Miré de soslayo a la pareja, se decían algo en voz muy baja, casi mejilla contra mejilla; por un instante los envidié.

Comprendí que el arribo tampoco iba a ser como más de una vez lo había imaginado. No habría quien me buscara entre la multitud: retornaba el hijo pródigo, pero nadie sabía de su regreso. Ezeiza para mí sería idéntico a cualquier otro aeropuerto del mundo: sin un amigo, un pariente o un simple conocido para darme la bienvenida. Miré a la pareja, estaban rígidos, con la cabeza apoyada contra el respaldo del asiento y los ojos cerrados, la mano de él sujetaba la mano de ella. Parecían dos momias.

Cuando dieciséis horas después el piloto anunció que sobrevolábamos Buenos Aires, sentí algo difícil de describir. Miré por la ventanilla y sólo distinguí una carretera y algunos techos que en nada se diferenciaban de otros techos y otras carreteras de cualquier otro lugar del mundo. Me apoyé contra el respaldo del asiento, ajusté el cinturón de seguridad y cerré los ojos. No había modo de volver atrás. La voz monocorde del comisario de a bordo informó acerca de la temperatura exterior y cuántos minutos faltaban para tocar tierra. Volví a mirar por la ventanilla, ya el avión carreteaba. Hubo alguien que entonó *Mi Buenos Aires querido* y la pareja se abrazó; ella lagrimeaba. La azafata pidió que continuáramos con el cinturón de seguridad puesto, avisaría cuándo había que quitárselo. No tenía la menor intención de quitármelo. Me sentía seguro con ese ridículo trozo de caucho apoyado sobre mi vientre. Imaginé que pasaje y carga bajaban mientras yo me quedaba ahí, aferrado al cinturón, como parte del asiento; horas después el Boeing volvería a carretear y yo regresaba a Barcelona. Misión cumplida. La pareja pidió permiso para pasar. Me disculpé, solté el cinturón y me puse de pie.

Las azafatas se despidieron cordialmente y me dejaron solo al pie de la escalera. Era uno de esos días gratamente cálidos, de cielo azul, sin nubes y sin viento; días en que uno no se arrepiente de haber nacido. Mi estado de ánimo y ese día se llevaban a las patadas. Comencé a bajar la escalera. El tumulto en el interior del microómnibus que nos llevaba a la estación de desembarque me hizo olvidar del día.

Oficiales en uniforme de combate recorrían el hall del aeropuerto y nos observaban como si fuésemos judíos camino a Auschwitz. Se hacía difícil sostenerle la mirada a tanto oficialito con metralleta en mano; quedaban tres posibilidades: fijar la vista en el piso, fijarla en el techo o dejarla volar sin ton y son. La dejé volar y seguí caminando.

—¡La línea! —gritó uno de los oficiales y supe que se dirigía a mí. Me detuve de inmediato.

El hombre que me precedía dijo casi en un murmullo:

—No puede pasar la línea. Ellos nos dirán cuándo.

Miré el piso. Como en muchos otros aeropuertos del mundo, una raya negra de cinco centímetros de ancho anunciaba que ahí había que detenerse. En Ezeiza le habían incluido un soldado en uniforme de combate, dispuesto a gritarle a cualquier viajero despistado. Con una seña me indicaron que había llegado mi turno de avanzar. Fui hacia el control de aduana.

El funcionario puso toda su atención en mi pasaporte. Lo revisó como a un objeto de otro planeta; después consultó una lista.

Advertí que había aprobado el examen porque dejó de mirar al pasaporte y me miró a mí.

—Bienvenido —dijo y le estampó el sello de entrada.

Los oficiales del ejército continuaban con su prolija tarea de controlar la entrada y la salida. No había modo de no sentirse culpable de algo, así el pecado mayor hubiera sido haber faltado sin aviso a una reunión semanal de Emaús. Subí a un taxi, abrí la ventanilla y desde ahí le eché una última mirada al aeropuerto: me resultó mucho más pequeño que como lo recordaba.

—¿Adónde vamos? —preguntó el taxista.

Le dije que a Retiro, al Hotel Sheraton. Dejé la ventanilla a medio abrir. El vientito y el sol entraron con absoluta tranquilidad, no tenían modo de controlarlos. Me enfrenté con las primeras casas y recién en ese momento tuve real conciencia de que estaba en Buenos Aires.

—Volver —murmuré.

—¿Qué? —preguntó el taxista.

—Nada —dije—, nada —y sentí una tremenda tristeza.

XIII

ERA ALTO, FORNIDO y hacía gala de su uniforme: pantalones y saco levita de color marrón, camisa celeste, corbata azul y galera marrón. Más que el portero del Sheraton parecía un personaje escapado de un cuento infantil. Me ofreció la bienvenida y al mismo tiempo le ordenó al botones que se hiciera cargo de mi equipaje. Le agradecí tanta amabilidad. En ese mismo lugar, pero muchos años antes, otro portero no tan uniformado había sido bastante menos gentil: me había echado a patadas en el culo. Entonces aquello no era el hotel Sheraton sino un parque de diversiones y yo no era un probable ejecutivo que llegaba en viaje de negocios sino un chico de no más de quince años que, después de entrever las luces de colores y oír el batifondo de los juegos, pretendía colarse en ese parque. Nunca supe cuál era su verdadero nombre: ¿Japonés o Retiro?

Los empleados de recepción me auguraron una feliz estadía, derrocharon amabilidad y gentilezas: las Fuerzas Armadas no habían ocupado ese hotel. La habitación aún no estaba lista. Uno de los recepcionistas se disculpó: «Lo esperábamos a las dos», dijo. Sentí cierta culpa por no haber llegado media hora después, quise explicar que quizá el vuelo se había adelantado. Me senté en un sillón, debía aguardar a que las mucamas acondicionaran mi cuarto. «No más de diez minutos», me había dicho el conserje. Recorrí el lobby con la mirada, me detuve en cuatro hombres rubios, de pelo corto, que hablaban en inglés. Pensé que ahí mismo se habían alzado El Pulpo, El Látigo y La Vuelta al Mundo. Oí los chamamés pegadizos del Palacio del Baile y vi los puestitos de tiro al blanco y las motos que giraban sin descanso dentro del globo de la muerte. Ahora el inglés reemplazaba al guaraní y Paco Rabanne al agua florida. Es formidable cómo el envase puede cambiar al contenido. El progreso, pensé. Un botones me anunció que mi habitación era la 1007, en el décimo piso, y que ya estaba lista. Dije que pensaba descansar y que me despertaran a las cinco.

Un cesto con frutas y una tarjeta de bienvenida me esperaban sobre la cama. Agarré una manzana y la lustré pacientemente sobre la solapa del saco, cuando ya había logrado el brillo óptimo le di un mordisco. No tenía gusto a nada. Pensé en Río Negro y pensé que acaso tampoco la carne tendría el sabor de antaño, o a lo mejor era yo que le estaba perdiendo el gusto a las cosas. Corrí las cortinas de la ventana. La Torre de los Ingleses seguía ahí. Una vez había subido con mi padre, habíamos llegado hasta los balcones, casi a la altura del reloj. Me llevaba de la mano, o quizá ahora imagino que me llevaba de la mano. Le pregunté cómo hacían para darle cuerda, eso estoy seguro que se lo pregunté. Mi padre rió pero no me supo contestar. Dijo mirá cómo se ve a la gente, parecen hormigas; y yo vi a la gente, pero ni antes ni después me parecieron hormigas. Di un nuevo mordisco y otra vez recordé a mi padre. Finalmente todo se había reducido a un telegrama que había leído quince días más tarde: cuando llegó yo no estaba en Barcelona. Después llamé por teléfono y mi madre me dijo que todo había sido muy rápido. Fue durante la noche, me dijo, mientras dormía. No sufrió nada, completó a modo de consuelo. Ella ahora estaba en un geriátrico, mi padre en la Chacarita. Vaya a saberse dónde, la Chacarita es muy grande. Di un tercer mordisco y me alejé de la ventana. Dejé la manzana en la mesita de luz y me tiré sobre la cama. En casos como estos lo mejor es dormir.

Me despertó una campanilla suave. Abrí los ojos y por un instante creí que todo había sido un sueño. La luz que entraba por la ventana, la cama sobre la que estaba acostado, las sillas y un par de lámparas me demostraron que no era un sueño. El teléfono volvió a sonar, levanté el auricular con desgano y dije que gracias, que ya estaba despierto. Era tiempo de ir al baño. El espejo del tocador me devolvió una imagen lamentable. Me lavé la cara, estiré los brazos con la sana intención de desperezarme y volví al espejo. No había cambiado mucho. Decidí que era tiempo de llamar al señor Néstor Zavala.

—¿Quién le habla?

Era una de las voces más dulces que había escuchado en mi vida. Pidió que aguardase un instante y durante ese tiempo tuve que soportar una ridícula cancioncita alemana.

—Lo estábamos esperando —oí por fin.

Dije que acababa de llegar. Sugirió que podíamos vernos al día siguiente, que siempre es saludable un descanso. Dije que no era necesario. Pero insistió en que fuese al día siguiente. Decidimos a las once, en su oficina. Pensé que tenía que abrir la valija y colgar la ropa, y otra vez tuve absoluta conciencia de dos cosas: que había vuelto a mi país y que me quería ir cuanto antes.

XIV

ME ENFRENTÉ a un edificio gigantesco. Estaba en pleno centro y yo no lo recordaba. No me alarmé, eran muchas las cosas que no recordaba. El hotel Sheraton se había alzado sobre los restos de un parque de diversiones, ¿sobre qué restos habrían levantado esta mole de cemento? Estuve a punto de preguntárselo al ascensorista, pero sólo dije «Quinto piso» y subí pensando en la voz de la secretaria de Zavala, un sonido que extrañamente mezclaba la inocencia con lo escabroso. Es difícil de explicar, había que oírla.

El ascensor me dejó en un pasillo, frente a una puerta con una placa de bronce que exhibía el nombre de Néstor Zavala. Debajo, en letra más pequeña, se podía leer «Representaciones». Di dos golpes secos y una voz, entre perversa y candorosa, me invitó a entrar. Abrí la puerta y no pude disimular el asombro. Detrás de un inmenso escritorio una no menos inmensa mujer ensayaba una sonrisa de compromiso. Recorrí la habitación con la mirada; buscándola. Debí aceptar la dolorosa realidad: esa mujer de casi sesenta años y de más de setenta kilos era la dueña de la voz. No tenía aspecto de secretaria; se parecía a la celadora de una cárcel de mujeres. Pensé en una máquina. Acaso la voz provenía de una máquina de alta precisión que contenía todas las respuestas posibles. Esa voluminosa mujer se ocupaba de manejarla. Amplió su sonrisa y se dispuso a hablar. Supe que si lo hacía iba a romper en pedazos la máquina que acababa de inventar, pero no podía detenerla. Habló, e hizo polvo mi invento; como en los cuentos de hadas.

—Usted dirá —dijo.

—El señor Zavala me espera —dije.

Pidió que la aguardase un minuto y señaló un par de sillones. Se puso de pie y caminó hasta una oficina contigua. Dio tres golpes contra la puerta y entró.

Me senté. Sobre la mesa ratona había diversas revistas dedicadas a temas económicos; en la pared opuesta, sobriamente enmarcadas, colgaban algunas fotos. Me puse de pie y fui hasta allí. Todas las fotos mostraban a un hombre (supuse que era Zavala) junto a destacados personajes. Se lo veía serio y recogido al lado de monseñor Escrivá de Balaguer; y en una actitud casi idéntica, junto al papa Paulo VI. También había posado con el presidente Stroessner y con el generalísimo Franco; en estos casos, había remplazado la sonrisa por un gesto castrense. Pude identificarlo en otras tomas, acompañado por militares que no alcancé a reconocer. Una gran cruz presidía la muestra. Al pie de la cruz había algo escrito en letra pequeña, iba a acercarme para leerlo cuando apareció la celadora con voz de arcángel y pidió que la siguiese.

Era el de las fotos. Ahora con algunos años y muchos kilos más, el resto no había cambiado: un metro sesenta y cinco, calvo, de bigote tupido. Me extendió la mano, se la apreté con fuerza; era una mano regordeta. Acaso teníamos la misma edad, pero yo soy más flaco y más alto. Se sentó e invitó a que me sentase. Mi silla era pronunciadamente más baja que su sillón. Sin duda, los pies de Zavala no tocaban el piso. Estuve a punto de agacharme y mirar por debajo del escritorio; me contuve.

—¿Mucho tiempo fuera del país? —preguntó.

Le dije que sí, pero no le dije cuánto.

—¿La primera vez que vuelve?

Le dije que sí.

—¿Y cómo lo encuentra?

Le dije que sólo podía hablarle del Sheraton, que antes había sido el parque Retiro.

—Ahí alguna vez se pensó alzar el Hospital de Niños —dijo, con aire evocativo—, cosas de la Jotapé. «Y ya lo ve, y ya lo ve, es la gloriosa Jotapé» —canturreó a media voz—. Otros tiempos. Eso ya es pasado.

Se echó a reír, no entendí por qué, pero también estuve a punto de reírme.

—Es pasado —dije.

—Este tiempo es infinitamente mejor que aquél. Ahora estamos haciendo cosas. Por fin comenzamos a hacer cosas.

Autopistas, pensé y asentí.

—¿Qué se dice de nosotros allá? —preguntó y con el pulgar extendido señaló por encima del hombro, hacia atrás.

—No mucho —dije—. Fueron cuarenta años de franquismo.

—Gran hombre, una pérdida irreparable.

Para un gordo que no llegaba al metro sesenta y cinco hasta Franco era un gran hombre. Pero él no estaba hablando de la altura física. Tuve que soportar un largo panegírico acerca del levantamiento nacional.

—Y además le supo dar albergue al General —dijo.

Había resuelto no sorprenderme por nada, y no me sorprendí. Me contó las veces que había estado en Puerta de Hierro y me preguntó si yo lo había conocido.

Una tarde, muchos años antes, en la UES. Había ido a escondidas de mi padre y estaba en la pasarela de la pileta de natación cuando se produjo el alboroto. «¡Viene el General, viene el General!», gritaban. Lo vi llegar presidiendo una entusiasta comitiva. Se paró junto a mí, pero me ignoró por completo. Miraba atentamente a un chico que picaba sobre el trampolín, preparándose para el salto. El chico no se enteró que en ese momento lo miraba Perón, porque siguió picando como si tal cosa, dio un par de vueltas en el aire y se clavó en el agua. Tres o cuatro de la comitiva intentaron un aplauso. «Perfecto», dijo Perón y continuó caminando. Entonces me atreví a mirarlo. Usaba una camisa clara y llevaba zapatos de cuero de cocodrilo que hacían juego con el cinturón que sostenía los pantalones de gabardina. Fue la única vez que lo vi. De aquella tarde sólo me queda el vago recuerdo del cinturón y los zapatos de cuero de cocodrilo, que igual que en un sueño se mezcla con la cálida humedad y el persistente murmullo de una pileta cubierta. Más que la sonrisa, de Perón recuerdo su cara: picada de viruela. Nunca pude contar ese episodio: mi padre jamás me hubiese perdonado la visita a la UES y, mucho menos, mi encuentro con Perón. Era mi secreto y no pensaba revelárselo a Néstor Zavala.

—No —dije—. Nunca lo vi personalmente.

—Tenía un carisma especial —sentenció—. Pero no estamos para hablar del pasado. Cuénteme qué proponen los amigos de España.

Era mi turno. Hablé de los avales que ofrecía la empresa de Lores y Verges y de la enorme experiencia demostrada en la construcción de puentes y carreteras. Zavala se recostó sobre el respaldo de su imponente sillón, miró al techo, como quien piensa, y con el índice y el pulgar de su mano derecha se acarició el bigote. Estaba en el momento más importante de mi discurso, cuando con un gesto pidió una tregua.

—¿Café o té? —dijo, sorpresivamente.

El gordo era más astuto de lo que a simple vista parecía.

—Café, sin azúcar —dije.

—Usted también cuida la línea —dijo con un gesto pícaro y apretó el botón del intercomunicador—: Dos cafés, Elvira, sin azúcar.

Era el nombre que mejor le cabía. La abultada secretaria, que no podía llamarse de otra manera, apareció con una bandeja en la mano y dos tazas de porcelana sobre la bandeja. Por suerte, no abrió la boca. Yo no podía soportar una voz así en esa mujer. Bebí un sorbo de café; tenía buen gusto. Era lo primero bueno de esa mañana.

—Me estaba diciendo... —dijo Zavala.

—Buen café —dije—, seguimos teniendo buen café.

Zavala asintió en silencio y quedó a la espera de que continuase mi discurso. No le iba a dar el gusto.

—En España y en Italia también. No soporto el que sirven en los países escandinavos, o en Inglaterra. El de Francia, con algún esfuerzo se puede tomar.

Hice una pausa, iba continuar mi disertación acerca de los cafés en el mundo cuando Zavala hizo lo que precisamente yo deseaba que hiciese: mostró impaciencia.

—Las propuestas de la empresa que usted representa... —dijo.

Mi discurso no había caído en oídos sordos.

—Con larga y probada experiencia en la construcción de autopistas. No sólo en España, también en otros países de Europa —dije.

—Sabe que aquí se van a tener que asociar —dijo Zavala.

Lo sabía, pero puse cara de no saberlo.

—¿Con quién? —pregunté.

—Ya se enterará, siempre que nos pongamos de acuerdo, claro —dijo.

—No dudo que nos pondremos de acuerdo. Usted dirá cuál es el próximo paso, y con quién tengo que hablar.

—Ya le voy a decir —dijo—. Y hablar, tiene que hablar conmigo.

Comprendí que difícilmente iba a conocer a los pesos pesados. El dijo que Buenos Aires durante muchos años había sido pionera en materia urbanística, me hizo notar que allá por 1887, mucho antes de haberse inventado el automóvil, «tuvimos la intuición de prever una calle de cien metros de ancho». Lo imaginé algo menos gordo que ahora, de levitón y bombín, viendo los planos de la 9 de Julio bajo la pobre luz de un candil.

—Es cierto —dije.

—Fíjese usted —continuó, entusiasta—, que en 1942 se habilitó la Avenida General Paz. Una gran obra —puso los ojos en blanco— iniciada sólo cuatro años antes. Desde entonces hasta hoy no se ha realizado ningún otro proyecto de calibre parecido.

—Es cierto —dije.

—Sin embargo, en los últimos treinticinco años el parque automotor creció más de diez veces, Buenos Aires ha quedado rezagada.

Parecía realmente consternado ante semejante realidad.

—Es impresionante —dije.

—Pero vamos a cambiar la historia —dijo—, con las autopistas vamos a cambiar la historia. Y sin gastar un peso. Como muy bien lo ha explicado nuestro ministro de Economía, la obra se desarrollará sin ningún aporte financiero del Estado, ni nacional, ni municipal.

—Ahí es donde intervienen empresas como la que yo represento —dije.

—Ahí es donde intervienen empresas como las que usted representa —repitió Zavala, señalándome con el dedo índice de su mano derecha.

Acabábamos de cerrar el círculo, los dos habíamos interpretado nuestros papeles como dignos actores de la Comedia del Arte, solo que yo no entendía la necesidad de esa actuación. Tal vez el módico Néstor Zavala se empeñaba en cuidar las formas. Decidí que no era necesario pensar más de la cuenta, y dije:

—¿Qué tengo que hacer?

Zavala se recostó sobre el respaldo del sillón y por un instante, que se me hizo muy largo, volvió a acariciar su bigote.

—Esperar —dijo, por fin—. Nosotros nos comunicaremos con usted.

No me gustó el plural, tuve la extraña idea de que iba a perder parte de mi comisión.

—Disfrute del fin de semana —me aconsejó—. Su primer fin de semana en Buenos Aires, después de tanto tiempo.

Le agradecí el consejo.

XV

Desperté y esta vez tuve inmediata conciencia de dónde estaba. Estaba tirado sobre la cama, en una habitación del Sheraton, en Buenos Aires. Podría haber sido en Santiago de Chile o en Amsterdan: era sábado en cualquier otro sitio del mundo; aunque éste, después de mucho tiempo, era *mi* primer sábado porteño. Me refregué los ojos, un montón de nombres y rostros se cruzaron de golpe. Miré la hora: eran las seis de la mañana. Pensé en una ducha caliente, camino al baño pedí que en diez minutos me subieran el desayuno y un diario.

Embadurné de manteca y dulce un par de tostadas, las comí rápido y bebí el café de un trago. La doble página central del *Clarín* me recordó por qué yo estaba en este lugar. Un título entusiasta anunciaba «La verdad sobre las autopistas», y después anticipaba todo lo que se conseguiría cuando la obra estuviese terminada. Supe que «además de aligerar notablemente el tránsito de la ciudad, habría centros culturales y deportivos, lugares de recreación y áreas comerciales bajo los viaductos. Se cambiará así en sentido positivo, una vieja historia porteña: la reiterada circunstancia ejemplificada por los puentes de Palermo, convertidos desde hace años en un marco habitacional de un submundo de vagabundos, rodeado de pequeños basurales». Con el fin de tranquilizar a los vecinos, el voluntarioso cronista agregaba: «Está previsto que no sea ese submundo quien habite bajo el nuevo viaducto, sino que sea un lugar más para la vida de la comunidad». Los porteños no tenían nada que temer: la municipalidad no iba a destinar un solo centavo de sus arcas para tan magna obra, todo sería financiado con capitales privados. Incluso mi comisión, pensé mientras pasaba a otras páginas. Abúlico, llegué hasta los Avisos Fúnebres y ahí me detuve espantado: mi nombre y mi apellido se repetían cuatro veces, con una discreta crucecita a la izquierda en cada uno de los avisos.

No es muy común leer las propias participaciones fúnebres. Vi quiénes eran los deudos y me tranquilicé: el muerto no era yo sino un tío mío a quien llamábamos Lalo y de quien, vaya a saberse por qué extraño acuerdo familiar, yo había heredado su nombre. Hice un cálculo rápido: sumé a mis años los años que me llevaba el tío Lalo y llegué a la conclusión de que había muerto casi a los ochenta. Cuando tenga sesenta y cuatro, pensé con música de Lennon y McCartney; difícilmente iba a llegar a la edad del tío Lalo. Lo recordé muy charlatán, siempre riéndose y animando las reuniones; fin de año en su compañía era una verdadera fiesta, todos lo rodeaban para oír sus ocurrencias. Ahora también lo rodearían. El entierro iba a ser ese mismo día, a las once de la mañana. Faltaban casi cuatro horas. Sus hijos, sus hijos políticos, sus nietos y demás familiares invitaban a acompañar sus restos al cementerio de la Chacarita. En la Chacarita estaba mi padre, Lalo era su hermano; tal vez lo sepultaban junto a su tumba. Decidí ir al velorio, era un modo de reencontrarme con la familia.

Tuve que soportar un taxista que se empeñaba en contarme cómo su hijo, el menor, había rescatado de las aguas del río Paraná a una niñita imprudente. No me interesaba esa historia de arrojo, no al menos en ese momento. Le dije que iba a un velorio y conseguí que se callara. Anduvimos un largo trecho en silencio, entramos por una calle arbolada y le pedí que me dejara ahí mismo.

—Pero todavía faltan tres o cuatro cuadras —advirtió.

Dije que no importaba, que las iba a hacer caminando. Se me había ocurrido que una caminata por esa calle solitaria ayudaría a rencontrarme con una familia que había dejado de ver hacía muchos años. Cuando llegué estuve a punto de no entrar, pero había ido hasta ahí y no era momento de retroceder. En vano intenté recuperar algún rostro de antaño. Pensé que me había equivocado de sitio; sin embargo, quien estaba en el ataúd era el tío Lalo, bastante más flaco y muchísimo más viejo que como yo lo recordaba. Me quedé un rato largo mirando ese rostro inmóvil, pálido y lustroso. No pensé en nada, tampoco se me cruzó un solo recuerdo de mi niñez. El silencio era total, por eso oí con claridad que alguien pronunciaba mi nombre. Giré la cabeza y me encontré con una mujer de aproximadamente mi edad.

—Soy Hebe —dijo—. Tu prima Hebe.

—Hebe —dije y le di un beso en la mejilla.

—¿Cómo te enteraste?

—Por el diario, hoy a la mañana.

Sólo ella y yo estábamos junto al muerto. Hablábamos muy bajo, casi en un murmullo.

—Pero vos vivías en España.

—Vivo —dije—, vine por negocios. ¿Cómo fue?

—Un infarto, o la edad o la tristeza, vaya a saberse; desde que mamá murió ya casi no hablaba y había dejado de reírse.

No podía imaginarme al tío Lalo callado y serio, tal vez durante años había estado como ahora lo estaba viendo.

—¿Cuánto hace que murió tía Carmen?

—Seis meses. Mamá se fue hace seis meses.

Me sentí algo más tranquilo, no había sido tanto tiempo.

—Papá era el último hermano que quedaba —me recordó Hebe.

Ahora nos toca a nosotros, pensé, pero sólo dije que sí, que era el último.

—Vení —dijo Hebe y me tomó del brazo—, no lo van a poder creer.

Una sala velatoria no es el mejor sitio para intentar reconstruir a una familia desperdigada, pero no había otro lugar. Supe que casi todos mis tíos y tías se habían muerto, «sólo quedan Isabel, Carmen y tu madre; pero están tan viejas, pobrecitas, que no se enteran de nada». Otra de las ventajas de ser viejo, diría Jordi. Una de mis primas quiso saber si me había casado y cuántos hijos tenía.

—Son españoles, ¿verdad? —dijo.

—No —dije.

—Pero no es que si nacen allá... —insistió.

—No tengo ningún hijo. Me casé y me divorcié, pero nunca tuve hijos.

En cambio, ellos sí. Ahí estaban: jovencitos de entre quince y veinte años que me miraban en silencio, con algo de curiosidad.

—El es el primo que vive en España —dijo Hebe.

Uno de los jóvenes quiso saber si me iba a quedar en España para siempre; otro, de qué modo se vivía allá; y el tercero, inevitablemente, qué pensaban de nosotros. Todos coincidieron en que no se me había pegado el acento. Algunos preguntaron por los toros, y otros quisieron saber qué tenía más seguidores: el fútbol o las corridas. Comprendí que me estaba quedando con el público de mi tío Lalo: me había convertido en el centro de la reunión.

—Siempre se reía —dije.

—¿Qué? —preguntaron.

—Lalo, el tío Lalo siempre reía.

—¿Reía?

Estuve a punto de explicarles lo que yo recordaba del tío, pero tal vez apenas se trataba de un recuerdo mío, confuso; los recuerdos suelen ser confusos.

—Mucho —dije—. Siempre estaba contento.

Parecían defraudados, pero no me importó: nunca más vería a estos primos segundos que acababa de descubrir y estaba seguro de que ellos no asistirían a mi velorio.

Sentí que una mano me tomaba del brazo. Era Hebe.

—¿Viste a tu madre? —preguntó mientras me apartaba del grupo. Pensé que iba a llevarme nuevamente junto al tío Lalo. Por fortuna, se detuvo a unos pasos de la puerta de salida.

—No, todavía no —dije—. Recién llegué, ¿cómo está?

—Como siempre, pobrecita.

—Mañana. Mañana voy a ir —dije.

—No le digás lo que le pasó a papá —dijo Hebe—, no vale la pena.

No alcancé a contestarle. En ese momento aparecieron tres hombres vestidos de negro.

—Si quieren despedirse —dijo uno de los hombres—, vamos a cerrarlo.

Hebe pidió que la acompañase y no pude negarme. La ceremonia de despedida fue más rápida y menos dramática de lo que yo había pensado. Uno de los hombres vestido de negro dijo que abajo ya estaban los coches, nos invitó a salir y después se encerró con los otros dos hombres en la sala velatoria. Efectivamente, en la calle esperaba una fila de autos, los parientes y los amigos los ocuparon antes de que llegara el ataúd. Yo me quedé en la vereda, junto a otros pocos rezagados.

—Podés ir en el coche de él o de él —dijo Hebe y señaló a unos desconocidos—, siempre un lugar se te puede hacer.

Le dije que no se preocupara y la acompañé hasta el auto que encabezaba la fila.

—Los sigo en un taxi —dije.

Me quedé solo en la vereda, viendo cómo la caravana se marchaba lentamente. Sabía que iban a doblar en la próxima esquina y esperé a que doblara hasta el último coche; después, tal como había prometido, paré a un taxi.

—Al Sheraton —dije y no abrí la boca durante todo el viaje.

XVI

DECIDÍ QUE FUERA antes de comer. En un par de horas los porteños llevarían a cabo un rito que habían heredado de sus mayores: pasta o asado, en torno de la mesa familiar. Yo tenía que cumplir con una ceremonia más reciente: la visita al geriátrico, el sitio donde depositamos a nuestros mayores. Iba a encontrarme con mi madre, después de tantos años.

Era una casa antigua. Me recordó a la casa de mi infancia. La misma fachada marrón oscuro y la misma puerta de hierro labrado, pintada de verde brillante. Pensé que tal vez mi madre casi no habría notado el cambio. Aunque era imposible no notarlo: «Mirasoles / Instituto Geriátrico», informaba una chapa de bronce, al costado de la puerta. Me pregunté cuál sería la razón de ese nombre y toqué el timbre; por un instante tuve la fantasía de que iba a ser mi madre quien viniera a abrir. Me recibió una mujer de guardapolvo azul. Le dije quién era y a quién buscaba. No demostró la sorpresa que tendría que haber demostrado.

—Pase, pase. Lo está esperando —dijo y pidió que la acompañara.

Mi madre no podía tener la menor idea de esta visita; ni siquiera sabía que yo había vuelto de España. Pensé en Montse escribiéndole una carta, pero lo deseché de inmediato. Montse era capaz de hacer una cosa así, pero desconocía la dirección del geriátrico. Pensé en la prima Hebe. Hebe había estado ocupada con el velorio y entierro de su padre. Comprendí que simplemente se trataba de un formulismo de «Mirasoles». En el hall nos encontramos con otra mujer, sin guardapolvo.

—La señora de Mirasoles, directora del establecimiento —dijo la mujer de guardapolvo.

Comprendí la razón del nombre e imaginé a una familia, robusta y voluntariosa, administrando el geriátrico. Antes de que pudiera decir algo, la mujer de guardapolvo terminó de presentarnos.

—Es el hijo de Paulina —dijo y agregó—: ya voy por ella.

—Ernestina —dije—. Se llama Ernestina.

Sólo faltaba que me trajeran una madre equivocada.

—Usted es el hijo que vive en España —dijo la señora de Mirasoles.

Asentí con un ligero movimiento de cabeza. Esperaba oír algo así cómo «su madre siempre habla de usted» o «su madre lo nombra a menudo», pero la señora de Mirasoles sólo señaló un sillón e invitó a que me sentara; después entró en un despacho que supuse era la dirección.

El Instituto Geriátrico Mirasoles, por dentro, no se parecía a mi casa de la niñez. De pronto se me figuró que era una cárcel, con los viejitos encerrados a pan y agua. Mi madre vendría por ese pasillo acompañada, arrastrada casi, por la mujer de guardapolvo. Era la hora de visita e iban a permitir que habláramos, aunque no podríamos evitar el severo control de la celadora. Pensé que no tenía que pensar pavadas y miré hacia el largo pasillo. Vi a mi madre de lejos, venía con paso vacilante acompañada por la mujer de guardapolvo. Me puse de pie. En el pecho sentí esa sensación de piedra, como si me lo estuviera pisando un elefante; el mismo malestar que sufría cuando fumaba más de la cuenta.

Estuvimos un rato en silencio, mirándonos. Parecía una escena copiada de cualquier película neorrealista. Abracé a mi madre y aunque sentí ganas de llorar, no me salió una sola lágrima. Ella sí lloró.

Unos huesitos que se me antojaron frágiles, apenas cubiertos por una piel floja y quebradiza, era lo único que había quedado de aquella mujer robusta que yo recordaba. Admití que definitivamente los viejos se van encogiendo con el correr del tiempo.

—Mamá —dije.

Y la volví a abrazar. Así nos quedamos un rato, que me pareció larguísimo; después la llevé hasta el sillón, ayudé a que se sentara y me senté yo.

—Cualquier cosa me llama —dijo la mujer de guardapolvo, señaló un botón en la pared y se fue por el corredor.

—Contame, contame cómo estás.

Mi madre me tomó de las manos.

—¡Qué alegría, hijo, qué alegría! —dijo.

—Se te ve muy bien.

—Me tratan muy bien, aquí me tratan muy bien. Las chicas son muy buenas. Hay una que es idéntica a Maribel, ¿te acordás de Maribel?

No me acordaba, y lo habrá notado, porque de inmediato agregó:

—Maribel, tu maestra particular. Venía los lunes, los martes y los jueves, de cinco a seis y media. Vos eras duro para aprender; sobre todo en matemáticas, no había caso, no te entraba.

Evocaba con una exactitud escalofriante; sólo que no se refería a mí: estaba hablando de mi hermano Ernesto, que había muerto hacía más de veinte años.

—Mamá, soy yo —dije.

—Sí, claro, no cambiaste nada. —Soltó mis manos. Hacía rato que había dejado de llorar, ahora me acariciaba suavemente las mejillas.

Todo era ridículo, o triste. Tenía ganas de huir de ese sitio que se parecía otra vez a mi antigua casa: estábamos en el hall de entrada, distinguí los viejos sillones y el reloj de péndulo que colgaba de la pared, incluso oí sus campanadas. Vi el rayo de sol que pasaba a través del vidrio esmerilado del ventanal y vi a Ernesto que jugaba conmigo; los dos tirados en el suelo, armando pacientemente el chalet más difícil de todos los que tenía El Constructor Infantil, número cinco. El elefante seguía pisándome el pecho sin piedad y la cabeza comenzó a dolerme como nunca. No eran dolores de mi infancia, los sentía ahora y aquí, en el preciso momento en que mi madre, también ahora y aquí, me acariciaba las mejillas e iba enumerando las travesuras que había hecho Ernesto, que era mucho más travieso que yo, por qué negarlo.

—¿Te acordás la vez que te pusiste ese pedazo de tiza en la nariz? ¡Qué susto nos dimos! Hubo que llevarte al Rawson. Un sábado a la tarde, llovía.

—Soy yo, mamá —repetí.

—Sí, ya se que sos vos ¡Eras un diablo! ¡Como hacías renegar a tu padre! Siempre le cuento a las chicas la vez que te caíste de la bicicleta, en el Parque Lezama.

Fue unos días antes de Navidad y Ernesto debió pasar las fiestas comiendo exclusivamente verduras y papas hervidas: le habían inyectado la antitetánica y le habían prohibido las comidas navideñas, nada de turrones y de pan dulce, ni siquiera probar una almendra y ni pensar en masas y helados.

—Verduras y papas hervidas —dije.

—¡Ah, te acordás!

—Sí, mamá. Claro que me acuerdo.

Me miró a la cara. Sus labios, finitos y cerrados, insinuaron una sonrisa; nunca supe si era su nuevo modo de sonreír o si se trataba de un último gesto de coquetería: disimular los dientes que ya no estaban en su boca. Tenía los ojos húmedos y colorados. Otra vez se le caían las lágrimas. Me apretaba las manos. Me levanté sobresaltado: mi madre se estaba orinando encima.

Toqué el timbre que había en la pared. Me tranquilicé

cuando vi que la mujer de guardapolvo llegaba casi corriendo desde el fondo del pasillo. No me atreví a hablar. La mujer acarició la cabeza de mi madre.

—Venga —dijo y con suavidad la levantó del sillón.

—¿Qué puedo hacer? —pregunté.

—Nada. Se han olvidado de ponerle pañales.

Ahora estábamos los tres de pie. Mi madre ya no lloraba. Aparentemente me miraba, aunque estoy seguro de que estaba viendo otra cosa; no sé qué era, pero era otra cosa.

—Es hora de volver con los suyos —dijo la mujer de guardapolvo.

No podía saber si lo decía por mí o por mi madre. Nos abrazamos. Hubo un corto silencio, y de pronto oí que murmuraba mi nombre; no el de mi hermano Ernesto, muerto hacía más de veinte años. Dijo mi nombre, el mío. Lo dijo quedamente, una y otra vez, y fue todo lo que dijo; después volvió junto a la mujer de guardapolvo. Las dos se perdieron por el largo pasillo. Supe que ésa sería la última imagen de mi madre. Sacudí la cabeza y caminé hacia la salida. Había pasado el fin de semana con mi familia.

XVII

NÉSTOR ZAVALA no tenía un gramo de tonto. Por sus gestos, no pasaba de ser un pobre figurón. Sin embargo, ya en nuestro primer encuentro me había parecido un tipo siniestro, capaz de vender a sus hijos y entregar a la madre de regalo por la compra. Me importaba poco que liquidara a su descendencia, conmigo se había entendido rápidamente. Aquella primera vez no hablamos de dinero, prefirió advertirme que nos aguardaba una tarea agobiante. «Las cosas están a nuestro favor», dijo mientras me acompañaba hasta la puerta. Un hombre de paja, como yo; pero mucho mejor pagado: él tenía despacho y secretaria.

Le indiqué al barman que llenara otra vez la copa. Me dedicó una sonrisa cordial y sirvió una buena medida. Habrá pensado que también sería buena la propina. Le agradecí con idéntica cordialidad y me acomodé mejor en la barra. Zavala había dicho que todo estaba bien aceitado. Entre enero y febrero se habían sancionado las leyes necesarias: una sobre expropiaciones, la otra sobre inversiones extranjeras. Estimaba que se iban a presentar más de cincuenta empresas. Medio centenar de hombres de paja intentando lo que estaba intentando yo. El solo hecho de pensarlo me producía cansancio ¿Mis competidores también se alojaban en el Sheraton? Podríamos organizar una asamblea anual en el salón de convenciones. Propondríamos nuevas técnicas, discutiríamos posibilidades y ofertas. No iba a ser fácil.

Un buen tema para hablar con Jordi, pero Jordi estaba a miles de kilómetros, en la otra orilla de ese oceáno que cuatro siglos antes los españoles habían cruzado con el económico propósito de revitalizar las deprimidas arcas de la corona. Me miré en el espejo del bar, no tenía aspecto de adelantado. Decidí que ya había bebido lo suficiente. Era el único que estaba en la barra, pero no me preocupé más de la cuenta: no tenía ganas de que me hicieran compañía. El buey solo bien se lame, pensé, y con pasos de buey me dirigí a la calle. Miré en una y otra dirección y decidí caminar por Leandro Alem hacia Plaza de Mayo. Llegué a la Casa Rosada y descubrí que estaba a quinientos metros de Florida. Concebí un itinerario posible: Florida hasta Lavalle y ahí doblar hacia la 9 de Julio. En poco más de un kilómetro podría satisfacer algo de mi nostalgia porteña: la tradicional calle Florida, después la calle de los cines y, como remate emotivo, el Obelisco visto de soslayo. Me gustó la idea y me eché a andar.

Hacía años que no tropezaba con tantos argentinos juntos. Se me ocurrió que caminaban más rápido, que estaban más metidos en sus cosas, y más apagados. Llegué a Lavalle. Continuaba siendo la calle de los cines, aunque bastante más arruinada y sucia. Pensé en el Obelisco y pensé que lo habían desmontado; sonreí por la idea. Estaba allí, ajeno a todo. En las últimas cuadras había tropezado con parejas de militares en uniforme de combate. Patrullaban las calles como si estuviesen de maniobras. Buenos Aires cada vez se parecía más a una ciudad tomada por tropas enemigas. Paré un taxi. Le pedí que me llevara al Sheraton y giré la cabeza para echarle una última mirada al Obelisco. Las calcomanías que lucía el vidrio trasero del coche me entorpecieron la visión. Entre el clásico burrito de «Recuerdo de Alta Gracia» y las célebres focas de «Bienvenido a Mar del Plata», había una bandera azul y blanca, flameando, con un inscripción en formidables letras negras: «*Los argentinos somos de-rechos y humanos*», anunciaba.

—¡Qué día, eh! —dijo el taxista y señaló hacia el cielo, sin una sola nube.

Tuve ganas de preguntarle por qué había pegado esa calcomanía, pero sólo dije:

—Lindo, sí.

—¿Lindo? ¡Es para caerse de culo! Si dan ganas de largar el coche y tirarse en la playa. ¿Se da una idea?, ¡en la playa...!

Dije que sí, que me daba idea. Dijo algo más, pero sólo le respondí con un gruñido. Por fortuna, no abrió la boca hasta que llegamos hasta la puerta del Sheraton.

—Esto es exclusivo para bacanes —bromeó.

—Sí —dije mientras bajaba del coche—. A vos no te dejarían entrar.

Creo que me puteó.

El recepcionista me alcanzó la llave no bien llegué al mostrador. Entré en mi habitación convencido de que necesitaba un buen baño. Un rato después, envuelto en una toalla, las cosas parecieron un poco más gratas. Estaba buscando el tabaco cuando descubrí la carta que me había dado Montse; no recordaba en qué momento la había puesto en ese cajón. El sobre estaba vigorosamente cerrado y sólo ofrecía un nombre —Pablo Benavides— y un número de teléfono. Levanté el auricular y le repetí el número a la telefonista. «No corte, lo comunico», dijo y casi al instante oí «Hola». Era una voz masculina. No supe qué contestar. Me había acostumbrado al «Digui» de los catalanes y al «Diga» de los madrileños, ambos tenían coherencia. Nuestro «Hola», por el contrario, carecía de fundamento ¿Por qué razón se diría? Estuve a punto de preguntárselo a mi desconocido interlocutor que por tercera vez lo estaba diciendo, pero simplemente dije que quería hablar con Pablo Benavides.

—¿De parte de quién? —quiso saber la voz.

Dije que él no me conocía, que había llegado de Barcelona y traía un recado de Montse.

—Montse —repitió en un tono entre la nostalgia y la duda.

—¿Habla Pablo Benavides? —pregunté.

—Montse —volvió a decir.

Era la segunda vez que lo decía. Estaba haciendo memoria y decidí ayudarlo.

—Montserrat Acarín, de Barcelona —dije.

—Sí, Montse, ya sé quién es. ¿Cómo quiere que hagamos?

Le dije que me hospedaba en el Sheraton. Estaba a punto de decirle que pasara a buscarlo por el hotel, pero por alguna razón rechacé la idea.

—Dígame adónde quiere que lo lleve y yo se lo alcanzo —dije.

—Yo lo llamo a su hotel —dijo Benavides.

XVIII

—Honduras al cinco mil —dije.

En cuanto el taxi bajó la explanada del Sheraton miré por la ventanilla. No había soldados a la vista, me sentí más tranquilo. En el bolsillo del saco guardaba un sobre cerrado: un mensaje de Montse para Pablo Benavides. ¿Cómo lo habría conocido? Ella nunca había estado en Buenos Aires. Seguramente él había ido a Barcelona. Tal vez habían sido amantes. Ahora a mí me correspondía el papel del voluntarioso alcahuete que les servía de correo. Sonreí, Jordi hubiese avalado esa teoría. Tendría que preguntárselo a Pablo Benavides. «No se puede perder», había dicho, me dio la dirección y dijo que era en Palermo Viejo.

—¿Por qué lo llaman así? —pregunté.

—Así, ¿cómo? —dijo el taxista.

—Viejo, Palermo Viejo.

—Porque aquí hay que darle un nuevo nombre a todo. Para mí sigue siendo Palermo.

—¿Pero dónde queda?

—¿Dónde va a quedar? En Palermo —dijo y giró levemente la cabeza—. ¿Cuánto hace que no viene por Buenos Aires?

—Mucho.

—Se nota ¿De qué provincia es? No tiene acento.

—Soy porteño —dije y antes de que me lo preguntara, agregué—: Vivo en Europa.

—Dichoso de usted. Esto es una mierda: primero el regreso de Perón... después Isabelita, el Brujo... —comenzó a enumerar. Lo interrumpí.

—Pero ahora están los militares —dije.

—Por suerte. Ellos van a poner orden.

Asentí con un gruñido y no volví a abrir la boca. El taxista tampoco. Por fin se detuvo frente a una antigua casa de una sola planta, dos balcones y una sólida puerta de hierro. Supuse que tendría un patio y un parral: estaba condenado a encontrarme con casas parecidas a la de mi niñez. Toqué el timbre. Una mujer de algo más de treinta años abrió la puerta. Se oían gritos y canciones de lo que parecía ser una fiesta infantil. Creí que me había equivocado. «¿Sos el que viene de España?», dijo la mujer y me invitó a pasar. Era una vivienda reciclada. Supuse que sus propietarios serían arquitectos: todo estaba en el sitio que correspondía. El patio no tenía parral, en su lugar habían puesto un techo de vitraux que combinaba con las baldosas del piso. Un montón de chicos jugaban en el patio.

—¿De fiesta? —pregunté.

—Es el cumpleaños de Facundo.

Se trataba de un chiquilín algo más violento que el Tigre de los Llanos: en cuanto me vio abandonó a sus amigos y se puso a saltar a mi alrededor, preguntando una y otra vez qué le había traído. No supe qué decir pero me di cuenta de que me había convertido en el centro de atención. Dudé si acariciarle la cabeza o pegarle una patada en el culo; le acaricié la cabeza.

—¿Cuántos cumplís? —pregunté.

—Cuatro —dijo—. ¿Qué me trajiste?

Por fortuna, la madre vino en mi ayuda. Le explicó que yo no sabía nada del cumpleaños y le aseguró que en mi próxima visita le iba a traer un regalo muy lindo. Facundo aceptó la propuesta y volvió a jugar con sus amiguitos.

—Yo soy Pablo.

No había duda de que se trataba del padre de Facundo:

el mismo pelo y los mismos ojos del chico, la misma nariz afilada. Se me ocurrió que iba a saltar a mi alrededor, para él sí tenía un regalito.

—No sabía que estaban de fiesta —dije—. Hubiera venido en otro momento.

Dijo que ese era el momento adecuado, me tomó de un brazo y pidió que lo acompañara. Entramos en una habitación de techo alto, sobre la pared del fondo se alzaba una biblioteca casi vacía. Busqué la mesa de dibujo, pero no la encontré. En su lugar vi una mesa frailera, con un par de botellas de ginebra y muchas botellas de vino. Me sentí más a gusto. Había un número impreciso de mujeres y hombres, supuse que eran los padres de los chicos, formaban pequeños grupos y hablaban entre sí; no advirtieron mi presencia. El lugar estaba cargado de humo, busqué en vano una ventana; la única ventilación era la puerta, y la habían cerrado. Casi no se oían los ruidos del patio. Pablo Benavides batió un par de veces las palmas y dijo:

—El es el ex de Montse —y casi en un murmullo, preguntó—: ¿cómo es que te llamabas?

Le dije mi nombre, lo repitió en voz alta y consideró que así quedaba formalizada mi presentación. Una mujer me ofreció un vaso de vino. Lo necesitaba.

—Montse —oí que decía un hombre—, ¿cómo anda Montse?

Todo era un poco ridículo. Estaba en la casa del posible amante de mi ex mujer, había ido para entregarle en mano una carta que ella le enviaba, y encima debía dar un informe de la casada infiel a un montón de desconocidos.

—Bien —dije—. Creo que bien.

Me bastaron algunos minutos para descubrir que ni uno solo de ellos —incluido Pablo Benavides— jamás había visto a Montse. Cuando me preguntaron por la Casa Argentina en Barcelona se resolvió el enigma: sólo la conocían por carta. Las cosas estaban otra vez en su lugar. Busqué el sobre en el bolsillo, quería dárselo a Pablo Benavides y salir cuanto antes de ahí. Pero Benavides señaló una silla y me senté.

—Sólo un rato —dije.

Alguien hizo una broma, algunos rieron. Parecíamos un círculo de viejos amigos. Diez minutos antes no existían para mí, esperaba que sucediera lo mismo diez minutos después.

—¿Hace mucho que llegaste? —preguntó un tipo alto, con cara de pingüino.

—Recién —dije.

—No, no digo acá. Digo al país.

—Hablaba del país. Llegué hace cuatro días.

—¿Y cómo lo ves? —preguntó una rubia de pelo corto y gruesos anteojos de aumento que parecía ser la mujer del cara de pingüino.

—¿Qué puedo decirte? Vi poco. Mucho edificio nuevo.

No fue una definición feliz. Reconocí que había sido una mirada superficial y pedí que me comprendieran, tantos años afuera. Estábamos otra vez en paz, quería irme.

—¿Cómo nos ven allá?

Era la tercera vez que me hacían la misma pregunta.

—No nos ven —dije—, recién comienzan a verse ellos. Durante cuarenta años tuvieron la mirada prohibida.

—Pero llegarán noticias de aquí.

—Sí, por supuesto, a veces en los diarios sale algún pequeño recuadro —admití.

—No puede ser.

—Y algunos artículos en las revistas —agregué con la intención de volver a la cordialidad—. También hay notas por televisión, la otra noche pasaron una entrevista a un cabecilla montonero.

Hubo algunas sonrisas.

—¿Cabecilla? —preguntó una de las sonrisas.

—Un tipo peinado para atrás —dije—. No recuerdo el nombre.

—¿Cómo no te vas a acordar? —dijo la rubia de pelo corto.

—No me acuerdo —repetí—. Supongo que no le habré prestado atención.

—¿No te interesó?

—No dije que no me interesaba. Dije que no le presté atención.

La rubia de pelo corto aceptó mi excusa; incluso en un gesto de buena vecindad me sirvió vino. Me disponía a beberlo cuando oí una voz de mujer, impertinente y algo ronca.

—Por gente como vos, que no presta atención, el país está como está —dijo la voz.

Giré la cabeza y la vi. No era bonita. Tal vez por culpa de los ojos, demasiados grandes para su rostro; o tal vez por los labios, por el gesto despectivo que había en sus labios. Su piel, muy blanca, contrastaba con el pelo negro que le caía, semilacio, bastante más abajo de los hombros. Por alguna causa que no lograba explicarme, esa mujer destacaba del montón.

—No exageres —dije.

—No exagero —dijo—. Ese señor al que no le prestaste atención se está jugando la vida.

—En ese momento no. En ese momento estaba sentado en un sillón más cómodo que éste.

—Sos un cínico —dijo la mujer de pelo negro.

Se produjo un silencio incómodo. Sentí la mirada de los otros. Lo único que yo quería era irme de ahí. La esposa de Benavides vino otra vez en mi ayuda.

—Las velas. Facundo va a apagar las velitas —anunció.

Algunos padres se pusieron de pie. Perdí de vista a la mujer de pelo negro, pero encontré a Benavides. Saqué el sobre del bolsillo y se lo di.

—Montse vale oro —dijo.

Asentí. Se oyeron algunos gritos alegres, aplausos y un coro que cantaba el *Happy Birthday*.

—¿Vamos? —preguntó Benavides y señaló hacia los gritos y el coro.

Miré la hora.

—No tengo tiempo —dije.

—Te acompaño —dijo.

Se lo pregunté mientras caminábamos hacia la puerta.

—¿Quién es? —le pregunté.

—¿Quién?

—La mujer de pelo negro y voz ronca.

Benavides me palmeó la espalda.

—¿Mercedes Laíño? Una amiga. Algo apasionada.

—Temperamental —dije—. Muy temperamental.

—Pero gran mujer —dijo—. Tenemos que volver a vernos.

Le prometí que sí, aunque hacía rato había decidido perderlos de vista para siempre. Yo no tenía tiempo para esa clase de sobresaltos.

XIX

«Hotel Sheraton», dije. Me senté justo detrás del conductor y por un rato me contenté con mirar su nuca. El taxista intentó iniciar algún diálogo, pero sólo contesté con monosílabos. No tenía ganas de oír un discurso similar al del viaje de ida. Me preocupaba muy poco que las fuerzas armadas solucionasen o no los problemas del país. Los míos seguro que los iban a solucionar. Tendría que ganar una precalificación y después la licitación; contaba con suficiente dinero para ambos triunfos. Pensé cuánto le tocaría a Zavala y en las injusticias del mundo; sin duda, el gordo iba a obtener mucho más que yo.

—¿Voy por el Bajo? —preguntó el taxista.

—Por donde quiera —dije.

Realmente me daba lo mismo: estaba en una ciudad extraña, condenado a mirarla con ojos de turista. Era grotesco, aquí había nacido y aquí había pasado los mejores años de mi vida. Y ahora todo esto no tenía nada que ver conmigo. Pensé en Jordi, él hubiese consultado cualquier libro y me habría dado una respuesta que después de la quinta copa sería la adecuada. ¿Qué necesitaba? ¿Las respuestas de Jordi o las copas? Las copas se podrían solucionar en el bar del hotel. Jordi jamás vendría a estas tierras, ni a ninguna otra a la que se llegara por agua o por aire: temblaba ante la sola posibilidad de subir a un avión y su única experiencia naútica había sido un viaje, Barcelona-Menorca, que consideraba una epopeya superior a las de Magallanes y Colón. Iba a ser difícil que tomásemos una copa en esta orilla. Ni con él ni con nadie: estaba en mi país y no tenía a quién llamar. De pronto, le dije al taxista que se detuviera, que me dejase ahí mismo. Giró la cabeza y me miró asombrado.

—¿Le pasa algo? —dijo—. ¿En qué puedo ayudarlo?

—Nada. No me pasa nada. Simplemente tengo ganas de caminar.

Bajé del coche y me encontré en mitad de una calle desconocida y solitaria. Supuse que en la esquina estaría el cartel con el nombre y hacia allí caminé. Nunca pude saber cómo se llamaba. Sorpresivamente apareció un Falcon y se detuvo a mi lado. Se abrieron las puertas traseras y bajaron dos tipos voluminosos. Uno se puso a mis espaldas; el otro, sin dejar de mirarme a la cara, ordenó que no intentara nada. Pensé en un asalto, pero deseché la idea; era muy sofisticado para ser un simple asalto.

—¿Qué pasa? —pregunté.

—Las preguntas las hacemos nosotros —oí.

No era momento para discutir. Ordenaron que apoyase las manos sobre el techo del coche y me palparon buscando un arma inexistente. Por suerte había olvidado la pipa en el hotel, podrían haberla confundido con un revólver y tal vez la historia hubiera acabado en esa calle desconocida de Palermo Viejo.

—Está limpio —informó mi palpador. Vi que los de adentro aprobaban con movimientos de cabeza.

—Documentos —oí.

Busqué la cédula en el bolsillo del saco y la agité en el aire. El que estaba atrás me la quitó. Miré las puntas de mi pulgar y mi índice que un segundo antes sostenían el documento de plástico. Giré la cabeza para decir algo, pero la orden de uno de ellos canceló el gesto y las palabras.

—¡Quedate quieto!

Inexplicablemente, tuve ganas de reír; sin embargo, el miedo fue más fuerte que la risa. Mantuve la cabeza derecha y rígida, sólo moví los ojos. Vi que el que había arrebatado mi cédula se la pasaba a los que estaban en el coche. Me sentí protagonista de una película policial clase B, iba a preguntar algo pero recordé que las preguntas las hacían ellos.

—Negativo —oí desde el coche.

Para mí resultó positivo. Me pareció que dejaban de tratarme como si creyeran que yo era Jack el Destripador.

—¿Dónde vive? —preguntó el que me cuidaba las espaldas.

Intenté el tono más natural y dije:

—En España, Barcelona. Hace años que vivo en España.

—¿Qué está haciendo acá?

—Vine por negocios, represento a una empresa catalana —iba a repetir el verso aprendido de memoria, pero me interrumpieron.

—¿Negocios, en esta calle y a esta hora?

No sabía en qué calle estaba. Unos minutos antes de que comenzara ese espectáculo había mirado el reloj: las diez menos diez. Ni a la calle ni a la hora se les podía achacar nada.

—Estaba caminando. Acabo de llegar de España y quería caminar un poco, ¿cuál es el pecado?

—Las preguntas las hacemos nosotros. ¿Donde vive?

—Ya le dije.

—Acá, ¿dónde vive acá?

—En el Sheraton.

Fueron palabras casi mágicas. El que estaba delante frunció la boca. El otro me advirtió:

—Esta zona es peligrosa. Hay que tener cuidado. Vaya a buscar un taxi, y quédese tranquilo: nosotros lo vigilamos.

Les agradecí tanta amabilidad y caminé hacia la esquina convencido de que la película no había terminado. En la próxima secuencia me bajaban de un tiro, y a la mañana siguiente encontraban mi cuerpo cubierto de sangre en mitad de la vereda. No me atreví a darme vuelta y olvidé mirar el nombre de la calle. Sólo me importaba encontrar un taxi.

Entré en el Sheraton como quien ingresa en un refugio antiatómico. El recepcionista me dio la llave y un mensaje. Era de Zavala. Quería que lo llamara cuanto antes. Subí a mi habitación y me tiré sobre la cama. ¿Qué estaba haciendo en este país? El show recién comenzaba; pero no tenía claro cuánto iba a durar. Tal vez Zavala podría responder a esa pregunta. En definitiva, gracias a mí iba a ganar un buen dinero; casi éramos socios. Me imaginé junto a él en su despacho: en la foto del hall de espera y sonreí. Yo no tenía derecho a gozar de ese privilegio. Tampoco Perón: no recordaba haberlo visto en la galería de Famosos-junto-a-Zavala. El General era de fotografiarse con cuanto pelagatos se le pusiera al lado. En mi próxima visita lo verificaría.

XX

Elvira Voz-de-Susurro señaló los sillones y dijo que el señor Zavala se iba a demorar unos minutos, que por favor lo esperase. Le agradecí la invitación, pero no me senté. Caminé hasta donde estaban las fotos, después volví hasta el escritorio de Elvira y con tono cómplice, dije:

—No está.

—No. Dijo que se iba a demorar unos minutos. Pidió que lo esperase.

—No hablo de Zavala. Hablo de la foto, de la foto del General y Zavala.

Lo dije convencido de su existencia. La respuesta de Elvira me llenó de orgullo.

—La están enmarcando —dijo.

Se merecía un gesto de agradecimiento y se lo brindé. A pesar de su aspecto de guardiacárcel, era una buena mujer. Estuve a punto de decírselo, pero preferí volver a la galería de fotos. ¿Dónde ubicarían la de Perón/Zavala? Había descubierto que estaban colocadas según la importancia de los personajes. Mantenían una lógica interna: presidentes democráticos a un lado, dictadores militares al otro, y el clero por encima de esas circunstancias terrestres. Estaba buscando el sitio adecuado para Perón cuando oí que se abría una puerta: el gordo Zavala entraba en escena. Me saludó levantando su mano derecha, le dijo algo en voz baja a Elvira, hizo un comentario acerca de lo endiablado del tránsito y pidió que lo acompañara a su despacho.

Una vez que quedamos solos, me preguntó cómo lo estaba pasando. Le dije que mal y le conté el episodio de la noche anterior. Movió la cabeza, en un gesto ambiguo. Invitó a que me sentara, se sentó él y sin dejar de mover la cabeza, dijo:

—Es el único modo de preservar la paz.

Destilaba cierta tranquilidad interior. ¿Sería vegetariano? Pensé en Montse. Zavala, con tono pausado, repitió la sentencia:

—Es el único modo de preservar la paz.

—¡Pero me acorralaron en plena calle!

—¿A qué hora fue? —preguntó.

—Poco antes de las diez de la noche.

—En horario de protección al menor —ironizó—. ¿No se da cuenta que tal vez lo estaban protegiendo?

Pensé que no era momento para burlas, pero descubrí que no se burlaba.

—Entonces es cierto —dije.

—¿Cierto, qué? —preguntó.

—Lo que dicen que pasa aquí —dije.

—Corren tiempos muy duros —dijo Zavala, filosófico, y repitió que lo habían hecho para protegerme; casi debía agradecerles que se hubiesen ocupado de mí con tanto fervor.

—¿Debo agradecerlo? ¿Qué tal una caja de bombones a las esposas?

Se rió, como si hubiese oído el mejor chiste de los últimos diez años. Movía el cuerpo convulsivamente, me pareció que pegaba saltitos en el sillón. «Bombones», repetía una y otra vez. Dijo que por suerte yo no había perdido el buen humor porteño.

—No hay derecho —repetí, resignado.

—Pasa en todo el mundo —dijo—. Sin ir más lejos, en su país, con la ETA.

—¿Mi país?

Era la misma conclusión a la que habían llegado los catalanes, pero al revés. «Soy porteño en San Juan y sanjuanino en Buenos Aires.» Aunque lo mío era más vasto, cruzaba el Atlántico.

—Este es mi país.

No lo dije muy convencido, y Zavala se dio cuenta.

—¿Cuántos años hace que no vive acá? —preguntó.

—Muchos. Eso no tiene importancia. No hablábamos de mí sino de los tipos que me acorralaron en plena calle y sin ningún motivo.

—¿Sin ningún motivo? Cómo se nota que usted vive afuera. Desde que las fuerzas armadas se hicieron cargo del gobierno se repiten los actos de terrorismo, montones de inocentes mueren en manos de bandas de delincuentes que pretenden detener el proceso de reorganización nacional.

Se había erguido en el sillón. Era inútil discutir.

—Entiendo —dije—. En el hotel había un mensaje suyo.

Zavala aprobó, después se puso a jugar con un lápiz. Supuse que estaba esperando que yo dijera algo. Me quedé callado.

—A pesar de su experiencia de anoche —dijo, por fin—, las cosas van mejor de lo que usted imagina.

Temí que siguiera hablando del país. Pero Zavala también había decidido dejar la política de lado.

—Estuvimos estudiando la propuesta de la empresa que usted representa —dijo, hizo una larga pausa, y agregó—: tiene posibilidades.

—¿Entonces? —pregunté.

—Entonces habrá que comenzar a planificar las distintas etapas a cumplir. Ustedes, es decir la sociedad que usted representa, tendrán el sesenta y cinco por ciento del capital accionario. El otro treinta y cinco se distribuirá, en partes iguales, entre tres empresas nacionales.

Las fuerzas de aire, mar y tierra equitativamente representadas.

—El concurso de precalificación se realizará a principios de octubre —continuó explicando— y el plazo para presentar las ofertas cierra el viernes 28.

Eso significaba extender por algo más de un mes y medio mi visita. Mucho tiempo para estar en el Sheraton, un sitio de tránsito, bullicioso y colorido como un aeropuerto; pero fatalmente impersonal, como un aeropuerto. Además muy caro, aunque eso correría por cuenta de los catalanes.

—Fantástico —dije.

—¿Vino para quedarse?

Zavala tenía poca información o se hacía el idiota. Decidí que tenía poca información y lo instruí. Dije que de buena gana me quedaría, pero debía regresar. Mi vida estaba organizada allá; sin embargo, al final de mi vida iba a volver a las calles que me vieron nacer. Sonó verosímil y emotivo.

—La tierra tira —completó Zavala.

Mi preocupación inmediata era qué hacer durante ese mes y medio. Zavala pareció leerme el pensamiento.

—Tendremos bastante trabajo. No puede haber un solo error —dijo.

Asentí. El gordo abrió uno de los cajones del escritorio y sacó una hoja de papel. La puso sobre un grupo de carpetas, la alisó con la palma de la mano y finalmente la levantó, como si fuese un trofeo.

—Esta es la documentación que necesitamos, por ahora —dijo y me alcanzó la hoja.

Asentí otra vez. La doblé en cuatro y la guardé en el bolsillo interior del saco, sin leerla. Después dije:

—No hay problema.

—No se puede cometer un solo error —repitió Zavala.

—No hay problema —repetí.

Mi perfil duro estaba en un buen momento. Comprendí que era tiempo de terminar la reunión. Me puse de pie, Zavala también. Estuve a punto de decirle «no hace falta, conozco el camino», pero no era ni el instante ni la película. Fuimos hasta la puerta. El próximo encuentro iba a ser en un par de días, para entonces yo tendría que haber conseguido la documentación que pedía Zavala. Le dediqué un apretón de manos a él y una sonrisa a la secretaria. Cuando estuve encerrado en el ascensor, saqué la hoja del bolsillo. Me sorprendí, no pedían imposibles. Todo era cristalinamente legal: los contratos de constitución de la sociedad, el capital social, las obras realizadas, memorias y balances. Por un momento pensé que se trataba de un negocio limpio, ¿entonces cuál era mi papel en esta novela?

XXI

«Enseguida lo comunico», dijo. Me tiré sobre la cama, esperando que la telefonista cumpliera su promesa. No podía hacer otra cosa que mirar el techo, algo poco apasionante si se trataba, como en este caso, del techo de una habitación del Sheraton: casto, sin una mínima mancha de humedad. Después de diez largos minutos sonó la campanilla del teléfono. Levanté el auricular.

—Su llamada a Barcelona —dijo la operadora, y de inmediato oí un «digui digui», ronco y lejano. Es notable cómo dos simples palabras te pueden llenar de alegría.

—¿Jordi? —pregunté.

—Sí —dijo. El no parecía alegre.

—¿Te has dado cuenta que ni siquiera vemos las mismas estrellas?

—¡Y para decirme eso me despiertas a las tres de la mañana!

Recordé de pronto que además de ver distintas estrellas teníamos diferentes horas.

—Pensé que te iba alegrar oirme.

—Y me alegra, coño. Pero la próxima vez dame la alegría seis o siete horas más tarde.

Dije que no me iba a ofender por tan destemplada respuesta y durante un rato le hablé de mi país y su gente. Le dije que de verdad la carne tenía otro gusto y prometí regresar con algunos bifes congelados, también llevaría latas de dulce de leche y dulce de batata, mamón en almíbar, molleja y chinchulines. Iba a ser una suerte de Papá Noel, calzado con botas de potro, rastra y chiripá, bajaría en El Prat y repartiría a izquierda y derecha las maravillas autóctonas. Jordi prometió que iba a recibirme con los brazos abiertos.

—¿Cómo va el negocio? —preguntó por fin.

Los años de franquismo le habían enseñado a leer y oír entre líneas. Para las posibles orejas curiosas, a partir de ese momento fuimos un par de ejecutivos entretenidos en una inofensiva charla empresarial. Dijo que no me inquietase por el treinta y cinco por ciento que exigían, que eso era lógico. Preguntó si habría una garantía de tráfico mínimo y si sabía cuántas empresas se iban a presentar. Me sentí desalentado.

—Me hablaron de cincuenta empresas, pero no sé bien cuántas se presentarán, y desconozco si habrá garantía de tráfico mínimo. Sólo sé que no sé nada. O sí, sé que lo estoy haciendo muy mal. Creo que a mi regreso no voy a llevar ni dulce de leche ni bifes de chorizo.

—Lo estás haciendo bien. Unicamente averigüa cuántas empresas se presentan, por aquello de la competencia, sabes. No es tan difícil.

Prometí que se lo iba a contar en la próxima llamada.

—Hazla en horas cristianas.

—Los benedictinos, los franciscanos y demás órdenes se despiertan antes de la salida del sol; los maitines se llevan a cabo entre las dos y media y tres de la mañana.

—Abandoné el monasterio hace un par de años. Estoy más laico que nunca y comienzo a recuperar lucidez a partir de las once de la mañana, ¿vale?

Dije que iba a llamarlo antes de la hora nona. El me despidió en catalán, yo en castellano. El techo, blanco, inmaculado y ajeno a todo, seguía aguardando que lo mirase, horizontal desde la cama; le di el gusto. Pensé que al día siguiente tendría que hacerle un par de preguntas al gordo Zavala, pensé que no tenía por qué estar condenado a ese encierro y pensé en caminar unas cuadras por las calles de mi juventud. Salté de la cama, fui hasta la ventana y abrí la cortina. El reloj de la Torre de los Ingleses marcaba las diez y veinte, fin del horario de protección al menor. Recordé al Falcon y a los dos monos que bajaron del Falcon y se me fueron las ganas de salir a caminar. El Sheraton parecía un bunker a prueba de guardianes celosos. No había ninguna amenaza en un hotel respetable, para gente respetable. Decidí que en el bar no correría peligro, un par de martinis me ayudarían a dormir. Adopté los gestos de un hombre respetable y hacia allá fui.

En el lobby me pareció que había más gente de la que acostumbraba a haber a esa hora de la noche. Me detuve frente a una vitrina que exhibía relojes antiguos. Estaba entretenido ante un modelo holandés de fines del siglo pasado, cuando la vi. Hablaba por uno de los teléfonos públicos, de pie y de espaldas a mí. El pelo negro le caía sobre los hombros. Llevaba blusa blanca, sin mangas, y pollera gris, algo encima de las rodillas. Más que sus piernas, casi perfectas, me interesaron sus zapatos: parecían haber andado mucho y no congeniaban ni con ella ni con su ropa. Me quedé junto a la vitrina, pero ya no me importaron los relojes: quería verle el rostro, simplemente para saber si desentonaba o no con el resto del cuerpo. No tuve que esperar mucho. Terminó de hablar, se dio vuelta y vino hacia donde estaba yo. Me asombré por lo que en ese momento creí que sólo era una simple coincidencia: esa mujer de pelo negro, pollera gris, blusa blanca de seda natural y zapatos gastados, era la misma mujer que había discutido conmigo en aquella casa de Palermo Viejo. No pareció reconocerme. Me puse frente a ella y le cerré el paso.

—Marcela —dije.

Levantó la vista y me miró, sin la menor pizca de asombro.

—Mercedes. Mercedes Laíño —dijo—. ¿Vos no sos el que estuvo en lo de Pablo Benavides?

Le dije que sí.

—No recuerdo tu nombre —dijo.

Se lo dije. Me preguntó qué estaba haciendo ahí.

—Duermo aquí —dije—. ¿Y vos?

—Yo no.

No puede decirse que derrochase simpatía. Me preguntó si estaba de paso por Buenos Aires. Le dije que estaba de paso. Me preguntó si hacía mucho que no venía. Le dije que sí. Me preguntó de dónde conocía a Benavides. Le dije que lo había conocido esa noche. Supuse que tarde o temprano iba a criticar mi comportamiento en lo de Pablo Benavides. No me equivoqué. Oí sus reproches, sin decir una palabra. Cuando terminó señalé hacia el bar.

—Te invito a una copa, de reconciliación —dije y la tomé del brazo.

Aceptó. Elegimos una mesa apartada. Pedí whisky, ella agua mineral. Le pregunté si no bebía alcohol. Dijo que ya había bebido lo suficiente. No supe si hablaba de esa noche o de toda su vida.

—¿Cómo me reconociste? —preguntó.

—Por el pelo. Tenés el pelo exageradamente negro.

—Hay miles de mujeres con el mismo pelo. Buscá otra excusa.

—No se me ocurre otra.

—Tímido no sos.

—Todo lo contrario. Soy terriblemente tímido. Mis bailes de juventud fueron un martirio, dejaba las cosas para el final e irremediablemente me tocaba bailar con la más fea.

—Con ésas no había problemas.

—También los había, más de una vez me decían que no.

—Terrible lo tuyo.

—Lo estoy superando.

—Entonces puedo dormir en paz —dijo e hizo ademán de levantarse.

—Esperá, esperá, aún no me has contado tus traumas de juventud. Tampoco me dijiste qué estabas haciendo aquí.

Puso un cigarrillo en su boca y esperó a que yo le diese fuego.

—Siempre bailaba con el mejor —dijo—. Es muy largo contarte por qué estoy aquí.

—No tengo apuro, podríamos comer juntos y me lo contás, entre plato y plato.

—Podemos comer juntos, pero no te lo pienso contar.

Me importaba muy poco saber por qué esa mujer de piernas casi perfectas había llegado al Sheraton.

—De acuerdo —dije—. Dame dos minutos para cambiarme la camisa y ponerme un saco.

—Te espero aquí.

Insisto en que no era bonita, pero tenía una mirada dura y un aire dominante que la hacían especialmente atractiva. Abrí la puerta de la habitación y mientras buscaba una camisa adecuada decidí que hasta Jordi hubiese aprobado esa comida inocente. Mercedes, para ser franco, no parecía muy inocente. En ese instante se me ocurrió que se había ido, que todo había sido un chiste de mal gusto. El único rastro que quedaba de ella era el vaso y la botella de agua mineral; a lo mejor ni eso, el mozo había borrado todas las pruebas. Apuré el paso, el viaje en ascensor se me antojó más largo que otras veces. Caminé convencido de que no la iba a encontrar. Me recibió con una nueva sonrisa.

XXII

ME PROPUSO CIERTO restaurant de San Telmo. «Está en una especie de cortada», dijo y literalmente me arrastró hasta allí. La «especie de cortada» no pasaba de ser un ancho corredor a cielo abierto que se doblaba en L. Algo así como una galería comercial instalada muchos años antes de que se inventaran las galerías comerciales. El restaurant que emocionaba a Mercedes estaba al final del corredor y por lo que se advertía a simple vista no tenía mucho para emocionar. Se percibía cierto olor penetrante, no podía determinar a qué. Se notaba sucio, la cocina estaría repleta de cucarachas.

—Simpático —dije.

—¿Tiene cierto aire europeo, no?

Por culpa de vivir tantos años en Europa, jamás supe cuál es el aire europeo. No tenía ganas de saberlo esa noche.

—Sí —dije.

Entramos y nadie pareció notar nuestra presencia. Estaban casi todas las mesas ocupadas. Mercedes no esperó la llegada del maître. Tomó mi mano y me obligó a seguirla. Iba con paso decidido hacia una mesa del fondo. Se comportaba como una cliente habitual, pensé que ahora vendría el rito de saludar a conocidos y amigos y tuve ganas de irme. Por fortuna, no saludó a nadie. Se sentó e invitó a que me sentase. Iba a preguntarle qué plato me aconsejaba. No fue necesario.

—Bife de chorizo —dijo.

—Con ensalada de radicheta —completé y de golpe el lugar no me pareció tan desagradable.

—Allá no conocen la radicheta —dijo Mercedes y puso un cigarrillo en su boca.

—No la cultivan —dije y le di fuego.

—Es decir, no la conocen.

Esto podía originar un debate sobre el cultivo de la radicheta en Europa y yo no tenía ganas de discutir.

—No la conocen —concedí.

Me dedicó una sonrisa de triunfo y puso su atención en el mozo que había aparecido de pronto y nos observaba sin decir palabra.

—Dos bifes de chorizo, a punto, y dos ensaladas de radicheta, con aceite de oliva y un poquito de limón —detalló Mercedes; después se dirigió a mí y me alcanzó el menú—. El vino lo dejo por tu cuenta.

—Sólo el vino —dijo el mozo. Era alto y corpulento, tenía cara de hombre cansado y tenía voz ronca, de fumador empedernido o de borracho incorregible.

—¿Cómo sólo el vino? —preguntó Mercedes.

Más que la toma de un pedido parecía parte de una vieja disputa que se mantenía de generación en generación. El mozo, al que le había descubierto un extraño parecido con Robert Mitchum, se limitó a decir:

—Cerró la cocina.

Instintivamente miré el reloj: las once y veinte.

—Cerró la cocina —repitió Mercedes, con tono de reproche.

Iba a sugerirle al mozo que trajera cualquier cosa, un sandwich de algo, pero ya Mercedes se había puesto de pie. El cuadro era bastante grotesto: Mercedes encarando a Robert Mitchum, ambos de pie, y yo, sentado, observando la escena. Me paré. El mozo se fue sin saludar.

—¿Sabés de otro sitio? —pregunté.

No me contestó. Volvimos a recorrer el mismo pasillo de mesas y sillas camino a la calle.

—Me dejo llevar adonde me lleves —dije.

El trayecto fue muy corto. Entramos en una confitería que estaba a cincuenta metros del restaurant con aire europeo. La confitería era profundamente nacional y ruidosa. Pedimos un chablis bien frío y sandwiches tostados. Estuve a punto de decirle que en España no conocían los tostados, pero decidí callarme: eran demasiados desconocimientos para una sola noche.

—Soy una pésima guía —dijo Mercedes.

—No, nada de eso. ¿En qué quedó la famosa vida nocturna de Buenos Aires?

—En esto —dijo y señaló la confitería casi vacía—. La gente tiene miedo a salir a la calle.

Le conté lo que me había pasado la noche que la conocí. Estuvo casi un minuto observándome en silencio.

—¿Allá se saben estas cosas? —preguntó, por fin.

Le dije que no mucho. Dije que allá había una vaga certeza de que estaban sucediendo cosas, pero que no se entraba en detalles.

—¿Detalles?

—Lo que me pasó a mí, por ejemplo.

—¿Te parece un detalle que no puedas ir en paz por la calle? ¿Es un simple detalle que se bajen dos monos de un coche y te palpen de armas? Un detalle folklórico, ¿verdad?, un modo del ser nacional.

Realmente, era una mujer insoportable. Un minuto antes había oído mi relato con absoluta indiferencia y ahora parecía acusarme de todos los males del país. Le serví vino.

—Se te marca una vena —dije.

—¿Qué?

—Cuando te exaltás se te marca una vena, aquí —dije y con la punta del dedo le toqué un costado de la frente.

—Sí, ya lo sé —dijo, bebió un sorbo de vino, apoyó con mucho cuidado el vaso sobre la mesa y sin dejar de mirarme, preguntó—: ¿Por qué estás acá? ¿Por qué viniste?

—¿Qué estoy haciendo...? Bueno, en principio, estoy en mi país.

—Sí, pero vos vivís allá.

Se empeñaba en no decir España o Europa, pensé que era una reciente costumbre nacional.

—Eso no me impide venir acá.

—¿En estos momentos? Ningún tipo como vos vendría en estos momentos.

De golpe descubrí que ella conocía más cosas de mí de lo que yo creía. Se me ocurrió que había hablado con Montse: me había definido casi con las mismas palabras que utilizaba mi ex esposa.

—¿Qué opinás de la cocina macrobiótica? —pregunté.

—¿A qué viene eso?

—Hablaste con Montse, ¿verdad?

—¿Con Montse? ¿Quién es Montse?

Parecía realmente confundida.

—Mi esposa —dije con toda calma—. Mi ex esposa.

Se produjo un silencio incómodo, como si de pronto se hubiese dicho todo lo que había que decir y ya no hubiera un solo motivo para que ella y yo continuáramos en ese sitio.

—¿Sos casada? —pregunté.

—José Luis Poggi. Soy la señora de Poggi. Abogado. No tenemos hijos y no creo que los vayamos a tener, por ahora.

El clima cambió después de mi pregunta. Supe que Poggi era un abogado brillante, que había sido funcionario en los cortos pero maravillosos días (así dijo: «maravillosos días») del gobierno de Cámpora. También había trabajado con Perón, pero poco tiempo. «Cuando al General le hicieron la cama tuvo que abrirse», dijo. No disimulaba el orgullo que sentía por su marido: detalló con admiración cada una de sus virtudes. Los celos no figuraban entre sus defectos. Al doctor Poggi no parecía preocuparle que su esposa, que tanto lo amaba, perdiera el tiempo hablando a altas horas de la noche con un perfecto desconocido. Tal vez se había ido del país. Pensé preguntarle dónde estaba, pero me pareció poco oportuno.

—Todavía no me dijiste por qué viniste —preguntó ella.

—Porque es bueno estar hablando con una mujer como vos —dije.

—No te hagás el gracioso, ¿por qué viniste a la Argentina?

—¿Hay alguna razón especial para que alguien que vive en España decida venir por algunas semanas a su país de origen? La nostalgia, si querés. O la intención de comer un bife de chorizo, aunque hoy no lo hayamos comido. El dulce de leche, las medialunas. La calle que nunca duerme y la calle más larga del mundo, por no hablar de la más ancha. ¿Te parecen pocas razones?

Mi discurso no la inquietó en lo más mínimo. Negó una y otra vez con la cabeza, sin decir palabra. Tenía todo el aspecto de una dura oficial de la policia femenina interrogando a una jovencita evasiva. A mí me había tocado el papel de jovencita evasiva. Decidí dejar de interpretarlo.

—Por otra parte —dije—, ¿a quién le interesa por qué estoy aquí?

Bebió otro trago de vino y con la mayor tranquilidad del mundo, dijo:

—A nadie. No le interesa a nadie. Sólo a mí. Tengo curiosidad de saber por qué hay gente que viene al país, a pesar del espanto que se vive.

—Me parece que exagerás.

—Sí, y también exageraban los que te pararon la otra noche.

—Controles hay en todo el mundo.

—Y gente como vos también —dijo.

—Tranquila —dije en voz muy baja—. Aún no llevo una semana acá y hace muchos años que falto. He vivido bajo infinidad de gobiernos militares, no tiene por qué sorprenderme uno más.

—Este es diferente.

Acepté que era diferente y le serví otro poco de vino.

—He venido por negocios —dije—. Nada que escape al común denominador. Represento a una empresa española dispuesta a invertir aquí.

Mercedes parecía desilusionada. Bebió un corto trago de vino y miró el reloj. Sólo le quedaba decir «mañana me levanto temprano».

—Mañana me levanto temprano —dijo.

Reí. Me preguntó por qué reía. Le dije que había pensado que diría eso, pero no me creyó. Llamé al mozo. Salimos. Una rata cruzó veloz la calle y se metió en una alcantarilla. El único ser vivo que se veía, aparte de nosotros dos. Anduvimos en silencio, por un instante pensé que podría aparecer un Falcon y pensé en un nuevo show de intimidación e interrogatorios. Distinguí un taxi que venía a paso de tortuga. Le hice seña. Puso brevemente la luz alta, para indicar que nos había visto, pero no apuró la marcha.

—¿Dónde te llevo? —pregunté.

—Yo te dejo a vos —dijo—. El Sheraton me queda de paso.

No tenía ganas de discutir y tenía sueño. En el interior del coche casi no hablamos. Mercedes me preguntó algunas cosas de Barcelona y se las contesté brevemente, teniendo en cuenta que el viaje iba a durar poco más de cinco minutos. Dije que no era necesario que me llevara hasta la puerta del hotel.

—En esta esquina está bien —dije, le di un corto beso en la mejilla y bajé—. Fue muy lindo, de verdad —me despedí por el hueco de la ventanilla.

En el mismo instante que el coche se ponía en marcha, descubrí que no le había pedido el teléfono a Mercedes. Estuve a punto de correrlo, pero hubiese sido ridículo correr y gritar a esa hora de la noche. Caminé hacia el hotel pensando que no había venido para conquistas, debía enfrentarme a temas mucho más espesos. Mañana comenzaría a arreglar los papeles que me había pedido Zavala.

XXIII

EL ESPEJO ME DEVOLVIÓ una aceptable imagen de ejecutivo eficaz: traje beige, camisa blanca y corbata de seda bordó con rayas verdes. Con la mano derecha palpé ligeramente los bolsillos del saco: documentos, billetera, tabaco, pipa y lapicera; todo en orden. En la mano izquierda sostenía un portafolios de cuero negro. No iba precisamente al Paraíso, pese a que la oficina de Zavala contaba con fotos de Pablo VI y de monseñor Escrivá de Balaguer. El mundo siempre es de los que están arriba. El décimo piso del Sheraton no era una altura colosal y el saldo de mi primera semana en Buenos Aires no coincidía con la imagen que me devolvía el espejo. Pegué un último vistazo a la habitación y por un instante pensé en Mercedes. Pablo Benavides podría darme el teléfono. Decidí que no tenía que pensar tonterías y esperé la llegada del ascensor. Debía conseguir un taxi rápido, me había retrasado más de la cuenta.

Llegué a hora. Voz-de-Susurro me recibió con una gentileza que no parecía de oficio. Es notable el modo en que nos acostumbramos a todo. Elvira ya no me resultaba tan espantosa como al principio. Un par de días atrás había decidido que era una buena mujer, ahora estaba seguro de que, además, escondía cierto encanto. Dijo que me esperaban y con un leve movimiento de cabeza señaló hacia la oficina de Zavala. Me inquietó el plural.

Zavala había cambiado su estratégico sitio detrás del

escritorio por uno de los tres sillones ubicados en el rincón derecho de la sala. El otro sillón lo ocupaba un hombre, de aproximadamente cuarenta años, pelo corto y bigote fino. Llevaba traje azul, zapatos negros y camisa blanca, sin corbata. Tenía un inocultable aire castrense. Pensé que los militares no siempre andan de uniforme y fui hacia ellos. Se pusieron de pie.

—¿Cómo está, mi amigo? —dijo Zavala y me palmeó la espalda—. Quería que conociera al ingeniero Maderna. Eduardo Maderna.

Nos estrechamos las manos y después, como si lo hubiéramos ensayado previamente, cada uno ocupó el sillón que le correspondía.

—¿Trajo la documentación? —preguntó Zavala.

Señalé el portafolio.

—¿Podríamos verla? —dijo.

—Por supuesto —dije, abrí el portafolios y fui describiendo los documentos, uno a uno, mientras se los alcanzaba—. Acta de constitución de la sociedad, memorias y balances de los últimos ejercicios, referencias bancarias y relación de las carreteras, puentes y autopistas que la empresa construyó en España, Argelia y Portugal.

Zavala les dio una rápida mirada.

—En principio, está todo bien —dijo.

No supe si me lo decía a mí o al ingeniero Maderna, que continuaba en silencio. Me limité a sonreír, en estas situaciones una sonrisa vale por mil palabras; sobre todo si no se sabe bien qué decir.

—Estoy seguro de que su empresa tiene idea de la magnitud de esta obra —dijo Zavala y sin esperar mi respuesta, agregó—, una inversión que supera los doscientos millones de dólares.

—Que le dará trabajo a más de dos mil personas —intervino el ingeniero Maderna—, contando obreros, técnicos y personal especializado.

«Y nosotros», pensé, pero dije:

—Sabemos que será una obra que cambiará la circulación de la ciudad.

—Fíjese qué curioso —dijo Zavala—, vamos a materializar un viejo sueño del General. Hay un proyecto de autopista que data de 1948, que por razones políticas y económicas no se pudo llevar a cabo. Es cierto lo que usted ha dicho: modificaremos el perfil de la ciudad, pero no sólo aligerando el tránsito de vehículos. Todo el aspecto de Buenos Aires cambiará. Bajo los viaductos de las autopistas se crearán centros culturales y deportivos, habrá lugares de recreación y áreas comerciales. ¿Se da cuenta? No tendremos nada que envidiarle a nadie.

Eran casi las mismas palabras que yo había leído en un diario algunos días atrás. Dije que sí, que me daba cuenta, y me dispuse a seguir oyendo el discurso. Fue el ingeniero Maderna quien habló.

—La traza elegida para la «25 de Mayo» —dijo— comienza en avenida Huergo y San Juan, corre hacia el oeste entre San Juan y Cochabamba, hasta cruzar Entre Ríos, desde donde, con una ligera inflexión hacia el sur, continúa entre Cochabamba y Constitución, y sus prolongaciones después de avenida La Plata, Zubiría y Tejedor, para cruzar el Parque Chacabuco...

—El viejo proyecto del General —lo interrumpió Zavala.

—Desde allí hace un par de curvas —continuó el ingeniero Maderna— para terminar empalmando con...

—Maderna —volvió a interrumpirlo Zavala—, cuando te entusiasmás no hay quien te pare. Es hora de comer, ¿no?

Disimulé un suspiro de alivio: el ingeniero estaba demostrando ser más aburrido que el propio Zavala. Mi alegría duró poco: descontaban que los iba a acompañar en ese almuerzo. No tenía posibilidades de inventar ninguna excusa, cuando se trata de negocios de tantos millones no hay excusas que valgan.

—¿Qué tal El Tropezón? —dijo Zavala.

—No hace tanto frío como para comer puchero —dijo Maderna.

Después de un corto cambio de opiniones decidieron que igual fuese El Tropezón, aunque sin puchero. Me limité a aceptar la sugerencia. Muchos años antes, en una madrugada de invierno que en nada se parecía a este mediodía de verano, allí mismo había comido los últimos caracús de mi vida. Aquella fue la madrugada de las últimas cosas; sin embargo, para todos los que entonces nos acompañaban, ella y yo seguíamos siendo la encantadora pareja que repetía el ritual de los caracús de medianoche en El Tropezón. Nadie llegó a imaginar que nos estábamos separando, éramos cuidadosos incluso en eso. Para salvar las apariencias, yo debía irme por un tiempo y ella tendría que quedarse, como si nada hubiese pasado. No fue un adiós indiferente, pero hicimos todo lo posible para que lo fuera. Cuatro días más tarde yo estaba subiendo a un avión rumbo a Barcelona.

—¿Recuerda El Tropezón? —preguntó Zavala.

—Como si fuera hoy —dije.

—Verá que nada ha cambiado —prometió el ingeniero Maderna.

—Estoy seguro —dije.

Efectivamente, todo estaba como entonces: las mismas paredes, las mismas mesas y el mismo ruido. Zavala sería un cliente habitual: el maître lo recibió con desmesurada simpatía y los mozos parecían conocer todos sus gustos y caprichos. El se ocupó de elegir el vino y nos recomendó lomo a la pimienta. Acepté sin enmiendas y por unos minutos me entretuve mirando a los otros comensales. Secretamente, estaba buscando la mesa de aquella última vez. No la encontré. La habían cambiado de sitio o yo había olvidado cuál era el lugar exacto.

—Bueno, amigo, vamos a ver... ¿qué opina después de tanto tiempo? —preguntó Zavala.

Tuve un estremecimiento. Por un instante pensé que él

también había estado aquella noche, en una mesa cercana, oyendo todo lo que nos decíamos.

—¿Qué opino de qué? —dije.

—Del país, hombre, del país. Hace ya una semana que llegó.

—El país, ¿qué puedo decir del país?, parece que está algo agitado.

—Siempre lo estuvo —dijo Zavala.

—¿Siempre? —pregunté.

—Sí. Mire usted: unitarios y federales, el fusilamiento de Dorrego, la cabeza cortada del Chacho Peñaloza, peronistas y gorilas, el bombardeo de Plaza de Mayo, el Cordobazo. Nos cuesta encontrarnos. Ahora, por fin, se inicia el proceso de reorganización.

Miré al ingeniero Maderna. Estaba entretenido con una arruga del mantel, se empeñaba en plancharla con la palma de la mano.

—En España hace cuarenta años que se están reorganizando —dije.

—Pero ellos pasaron por una guerra —dijo Maderna, atento pese a la arruga del mantel—. Un millón de muertos.

—Y la mano dura del Caudillo —acotó Zavala—. Nosotros tendríamos que haber tenido un hombre así. Perón estuvo en condiciones de serlo, lástima que claudicó a último momento.

—No quería sacrificar gente —dijo Maderna—, él mismo lo reconoció.

—Hubiese valido la pena el sacrificio —dijo Zavala—, mirá en lo que terminó. Volvió muy viejo, ya sin fuerzas, y con esa mujer...

—Y ese hombre —dije.

—¿Lopecito? Dígase lo que se diga, Lopecito tuvo sus cosas buenas. El verdadero cáncer eran los montoneros. El último gran gesto del General fue echarlos de la Plaza.

—Y un mes después se murió —dijo Maderna, sin disimular su congoja.

A Zavala le acababan de servir el vino. Lo miró a trasluz, cató un sorbo y lo aprobó. El mozo llenó nuestras copas. Zavala propuso un brindis.

—Todo eso es pasado —dijo—. Propongo que brindemos por la reorganización y, sobre todo, por esta sociedad
que está a punto de concretarse.

La reorganización me interesaba muy poco. Me inquietaba el tema de la sociedad, y qué papel jugaría en ella el ingeniero Maderna. Iba a preguntarlo justo en el momento en
que trajeron el lomo a la pimienta. Por un rato disertamos
acerca de la carne y de cuál era su punto justo de cocción.
Inevitablemente, toda vez que se come se habla de comida.
Debía aceptar ese rito y hacer mi pregunta a la hora del café. Así que a la hora del café, pregunté:

—¿El ingeniero integra la sociedad?

—Pensé que usted ya lo sabía. El ingeniero Maderna —recalcó— sólo participa en calidad de asesor. Tanto usted como
yo vamos a necesitar los servicios de Maderna.

Calculé cuánto me iban a costar esos servicios. No tenía
motivos para preocuparme. Este negocio prometía ser mucho más fuerte de lo que había imaginado.

XXIV

AL QUINTO INTENTO me di por vencido. La telefonista aseguró
que había insistido una vez más y que, lamentablemente,
nadie atiende. Tendría que aceptar que Jordi no estaba en
casa. Miré el reloj. Faltaba un rato para comer y él rara vez
salía a la calle en pleno invierno. Estaría tirado sobre la cama, durmiendo la mona de la noche anterior, ajeno a las llamadas de uno u otro continente. Ajeno también a mis llamadas. Sobre la mesa quedaban los restos del desayuno y sobre
la cama los restos de un largo sueño. Tendría que acostum-
brarme a vivir de restos. Hacía más de diez días que estaba
en mi país, pero los amigos seguían allá. Para encontrarlos
necesariamente debía llamar a larga distancia. Parecía un
tango. O mejor: un bolero. No tenía ganas de buscar a mi
prima Hebe: inevitablemente me preguntaría por mi madre,
y de eso mejor ni hablar.

Cargué pacientemente la pipa y me senté en un sillón
bastante incómodo. La otra alternativa era la cama. El cigarrillo se puede fumar tirado sobre la cama; la pipa, no. Evo-
qué mi último encuentro con Zavala y ese ingeniero Maderna. El negocio de las autopistas no se parecía ni a un tango
ni a un bolero. Más bien tenía todo el aspecto de una ópera.
A pesar de mi experiencia en la materia, no alcanzaba a entender dónde estaba la verdadera ganancia. Tal como marchaban las cosas, todo parecía vergonzantemente honesto:
llamaban al concurso de precalificación, seleccionaban a los

consorcios con mejores antecedentes empresariales y por último aguardaban las propuestas de esos elegidos. El Estado no desembolsaría un solo peso en esta obra que tanto conmovía a las fuerzas vivas del país. A la empresa constructora se le otorgaba la explotación del peaje durante veinte años y de ese modo recuperaba el capital invertido. La garantía de tráfico mínimo que le preocupara a Jordi estaba resuelto: la municipalidad aseguraba ochenta y cinco mil vehículos por día y en caso de no llegar a esa cifra, se hacía cargo de la diferencia. Todo muy claro, como agua de manantial ¿Y las ganancias? No podía aceptar que sólo se limitarían a unos cientos de miles, descuidados de las comisiones. Eso sería quedarse con el vuelto y tanto Zavala como las fuerzas vivas que Zavala representaba no eran simples ladrones de vueltos. Los movían propósitos muchos más altos. Jordi podría haberme dado una respuesta, pero se había empeñado en no contestar el teléfono. Estaba poniéndome monotemático, en estos casos lo mejor es una ducha.

Honestamente, después del baño no me sentí otro, pero sentí la necesidad de abandonar el cuarto. Busqué una camisa y un pantalón livianos, me puse mocasines y decidí caminar otra vez por las callecitas de Buenos Aires. En realidad el diminutivo era un poco traído de los pelos. Buenos Aires jamás tuvo «callecitas» y sus calles de ninguna manera tienen ese «no sé qué» que menciona el tango: más bien suelen estar rotas y sucias. En fin, la gente compra lo que le venden. Yo había venido a comprar una licitación de autopistas, y hasta ahora me la estaban vendiendo; no tenía de qué quejarme. Bajé más animado. Le dije a la recepcionista que iba a estar ausente por un par de horas y salí sin saber a dónde diablos ir.

Cambié mi idea de cruzar la plaza y llegar hasta el puerto, por una caminata hasta el Museo de Bellas Artes, pero finalmente opté por Leandro Alem, hacia el sur. Volví a cruzarme con camiones del ejército y con automóviles Falcon de vidrios polarizados. Otra vez sufrí la sensación de estar en una ciudad tomada. Así debió ser París durante la ocupación nazi; a lo largo de unas cuadras me sentí maquí. En realidad, el papel no me cabía: por más de una razón, yo estaba en el bando de los ocupantes. Era una comparación antipática y busqué un taxi. Le dije al chofer que fuera por Alem derecho. Afortunadamente, era un conductor mudo. No tenía ganas de que otra vez me contaran lo bien que andaba el país.

—¿Y ahora? —preguntó cuando estábamos llegando al Parque Lezama.

—Aquí mismo —dije.

No tenía ningún apuro y no me movía otra emoción que la de caminar por un parque tradicional, de una ciudad tradicional. Me daba lo mismo que fuese el Hyde Park, el Central Park, el Parque de la Ciudadela o los jardines de Luxemburgo; sólo buscaba un poco de tranquilidad. Los recuerdos no suelen dejarte tranquilo. Esos árboles, a diferencia de los del Central Park o de los jardines de Luxemburgo, me habían visto infinidad de veces; tal vez sobre la corteza de alguno de ellos aún estaba grabado el corazón cruzado con una flecha, mi nombre y el de ella; a mí también me había tocado hacer esa tontería.

En un claro, arriba, algo más descascarado y más viejo, persistía el Museo de Historia Argentina. Me acerqué hasta el portón de reja de la entrada, lo habían amarrado con una gruesa cadena de hierro. Un cartel indicaba que el Museo estaba temporalmente cerrado, por refacciones. El óxido del enorme candado que clausuraba la cadena y la mugre acumulada en el porche demostraban que habían decidido dejar las obras para más adelante. Me quedé un rato largo parado frente a la reja. Le rendía mi pequeño y secreto homenaje: ese edificio que se caía a pedazos era el primer museo que había visto en mi vida. Entonces, de guardapolvo blanco y en fila, había sido un alumno más siguiendo los pasos de la señorita Moliner. Ella se detenía frente a cada vitrina y nos explicaba la razón de cada objeto. A mí me interesaban más las piernas de la señorita Moliner que las reliquias de nuestra historia patria. ¿Cuál habrá sido su destino? Hice un rápido cálculo, si aún vivía sería abuela, jubilada; aquellas piernas increíbles seguramente estarían cruzadas de várices.

Me alejé del Museo y bajé por una de las barrancas del parque. En menos de cinco minutos estuve en la esquina de Martín García y Patricios. Sentí hambre. Recordé que en Martín García y Montes de Oca había un antiguo bar. Hacia allí fui. Supe que iba a pasar por la casa donde había nacido y decidí que la vería desde la vereda de enfrente. No vi nada. De aquella casa digna, de paredes fuertes y puerta de hierro, sólo quedaba un potrero, apretado entre dos modernos edificios de departamentos; uno de ocho pisos, el otro de diez. Crucé la calle. En lo que alguna vez había sido el jardín del fondo, persistía la higuera y se habían secado el limonero y la camelia. Sólo eso, y las baldosas de la vereda, rotas y ya sin brillo, era lo que quedaba de la casa. Pensé que no era poco, a algunos ni eso les queda. Seguí caminado hacia la esquina de Montes de Oca con la esperanza de que el bar aún estuviera allí.

Estaba. Pero no pude llegar. Dos coches de policía y tres Falcons, sin patente, impedían el paso. Los curiosos se amontonaban y hacían comentarios a media voz. Me acerqué a un viejo, menudo y con aspecto de jubilado, que miraba en silencio.

—¿Qué pasó? —pregunté.

—Otra vez —dijo.

—¿Otra vez qué?

—¿No lo ve?

Me puse en punta de pie y por encima de las cabezas de los que ocupaban la primera fila pude distinguir el cuerpo de un hombre o de una mujer (estaba totalmente cubierto con hojas de diario) tirado en mitad de la calle; una gruesa mancha de sangre cubría parte del cemento.

—¿Un accidente? —pregunté.

El jubilado me miró.

—¿Accidente? —dijo— No, nada de accidente: subversivo.

No sé por qué, miré la hora. Tal vez pensando que esas cosas sólo pasan de noche. Iba a agregar algo cuando apareció un tipo joven que venía con las últimas noticias. Consiguió público de inmediato, lo rodearon en silencio.

—Dos están en el ABC —comenzó a decir el tipo joven.

—¿En el ABC? —lo interrumpí.

—Sí, en el ABC, en el bar.

No podía creerlo. Era el mismo bar. Ni el nombre te han cambiado, pensé con alegría. Aunque según lo que había empezado a contar el tipo joven, no era para alegrarse.

—Los tres estaban sentados en una mesa cerca de los baños. Cualquiera los hubiera confundido con gente normal. Así, como iban vestidos, parecían muchachos del barrio. Los milicos coparon el ABC. Entraron por las dos puertas, la de Martín García y la de Montes de Oca. Los puntos no tuvieron tiempo de hacer nada. Creo que el que estaba de espaldas alcanzó a sacar un revólver, pero le sirvió de poco: ahí mismo lo acribillaron a él y al que estaba al lado. El otro alcanzó a escapar por la puerta de Martín García. Tampoco le sirvió de mucho —dijo y señaló hacia atrás.

Teóricamente, todos hubiésemos tenido que mirar el bulto cubierto con hojas de diario y rodeado de sangre; casi nadie lo hizo.

—¿Los venían siguiendo? —preguntó el que había dicho que se los confundía fácil.

—¿Siguiendo? No. Fue un puro y prolijo trabajo de inteligencia. Un operativo comando.

—O alguien los delató —propuso otro.

Se me ocurrió que el tipo joven iba a decir: «Afirmativo».

—Puede ser —dijo.

—Seguramente apretaron a uno que cayó antes —intervino el que estaba a mi izquierda.

A partir de ese momento comenzaron a analizar las tácticas de uno y otro bando. El cádaver continuaba en mitad de la calle, desangrándose sin remedio y cubierto con hojas de diario. Se comportaban del mismo modo que se comporta la gente de un país que está en guerra: no cuestionaban el bombardeo sino la mejor manera de protegerse. No tenía nada que hacer ahí. Los dejé discutiendo métodos de defensa y volví al hotel.

El Sheraton se había convertido en mi refugio. Pedí la llave. Me dieron la llave y un mensaje: a las diez y cuarenta y cinco había llamado la señora Mercedes, volvería a llamar.

De la mesa habían desaparecido los rastros del desayuno, la ropa estaba otra vez en su sitio y la manta de la cama no tenía una sola arruga. La semipenumbra y el clima seco y fresco del aire acondicionado invitaban a una larga siesta. Aún no había comido. Pedí que subieran tres sandwiches tostados y una botella de cerveza y me dispuse a esperar el llamado. Trajeron los sandwiches, los comí sin mayor entusiasmo y me tiré sobre la cama. Estaba por quedarme dormido cuando sonaron tres campanillas cortas.

—Sí —dije.

—Soy Mercedes —dijo—. Pensé que llamarías.

—No me diste tu número.

—No me lo pediste.

Estaba claro que difícilmente nos íbamos a poner de acuerdo. Le pedí perdón por mi torpeza y le agradecí su llamada. Dije que quería verla nuevamente. Dijo que podía ser al día siguiente, a las siete, en La Biela.

—En Recoleta, ¿te acordás?

Le dije que me acordaba. Por lo visto, La Biela también continuaba en su sitio. Había que confiar en que no se transformara en un campo de batalla.

XXV

LA DESCUBRÍ CASI oculta en una mesa del rincón. Anotaba algo en un cuaderno. No advirtió mi presencia hasta que estuve a su lado; al verme no puso más entusiasmo del que hubiera puesto frente un vendedor ambulante. Abrió su enorme cartera y guardó el cuaderno.

—¿Poemas? —pregunté y sentí que había cometido la primera tontería de la noche.

Dijo que no, que no eran poemas; y fue todo lo que dijo. Se produjo un silencio incómodo. Llamé al mozo y le pedí un gin-tonic. Ella pidió otro café.

—¿Llegaste sin problemas? —preguntó.

—Sí —dije—. No me raptó ningún Falcon.

—No hablo de eso. Pensé que tal vez habías olvidado las calles.

—Para nada. Es como andar en bicicleta o nadar. Una vez que se aprende ya no se olvida.

—No es lo mismo —dijo.

—Bueno, no es lo mismo. Pero igual me acuerdo de las calles, y llegué sin problemas. Sólo cinco minutos tarde, tendrás que perdonarme.

—¿Vas a darme la razón en todo y pedirme perdón a cada rato?

Iba a decir que no, pero justo apareció el mozo con el gin-tonic y el café. Mercedes le echó dos terrones de azúcar y por un instante fijó toda su atención en revolverlo; después, sin dejar de mover la cucharita, hizo la pregunta.

—¿Sentís culpa por vivir afuera?

Más que una pregunta parecía una afirmación.

—Para nada —dije—. Me acostumbré.

—¿A vivir afuera o a no sentir culpa?

—A que me hagan esa pregunta. ¿Cómo sabés que hace mucho que falto del país?

Buscó algo en la cartera, por un instante pensé que era la respuesta. No encontró lo que estaba buscando.

—Vos me lo dijiste —dijo.

No recordaba habérselo dicho, pero había decidido no discutir. Le pedí que me hablase de ella.

—¿De mí, qué te puedo decir de mí? Nací y me crié en un barrio del sur. Abandoné mi carrera de socióloga, me casé, no tengo hijos. ¿Qué más te puedo contar?

—El barrio, ¿qué barrio era?

—Barracas. Pero eso fue hace mucho.

Levanté la copa de gin-tonic, como quien brinda.

—Sabía que te conocía de algún sitio —dije—. Soy el que se paraba en la esquina de Suárez y Montes de Oca. Vos venías del Normal 1 y yo me quedaba ahí para verte pasar; alguna vez te dije algo, pero no te diste por enterada.

—Jamás fui al Normal 1.

—Yo tampoco me paraba en la esquina de Suárez y Montes de Oca, pero hubiera sido una linda historia. ¿En qué calle vivías?

Me lo dijo. Además de separarnos algunos años nos separaban muchísimas cuadras. El mundo no era un pañuelo. Dijo que ahora era su turno de preguntas. Quiso saber por qué había vuelto.

—Por trabajo. Vine representando a una empresa española.

Estaba seguro de que ya se lo había dicho.

—¿Empresa de qué? —preguntó.

—Construcciones.

—¿Casas?

—Caminos, puentes, autopistas.

Asintió, como quien confirma una teoría, y buscó los cigarrillos. Le di fuego.

—Autopistas —dijo—. Sos uno de esos que le van a cambiar el perfil a la ciudad.

Había leído el mismo diario, pero en cuanto se largó a hablar descubrí que no opinaba lo mismo que Zavala. Dijo que mientras en los principales países del mundo se resistían a levantar autopistas, acá...

—En España... —la interrumpí.

—Eso fue en tiempos de la dictadura —me interrumpió.

—Ahora, también ahora las están construyendo.

—Un gobierno burgués, que sigue defendiendo los intereses de su clase.

—En todo caso, la tuya y la mía.

Me miró con desprecio.

—No digás boludeces —dijo.

Me gustó el giro. Hacía años que no lo escuchaba.

—Allá dicen gilipollas —dije—, pero no es lo mismo. Boludo tiene su propia entidad, no se parece en nada a gilipollas.

—¿Siempre te vas por las ramas?

—Sólo cuando discuto un tema que no conozco.

Iba a apagar el cigarrillo en la taza. Le acerqué el cenicero.

—Serás de Virgo, por lo prolijo. ¿Cómo podés decir que no conocés el tema?

—No soy de Virgo y tampoco soy ingeniero, urbanista, arquitecto o cualquier otra profesión parecida. Simplemente vine a presentar una oferta, ese es todo mi trabajo.

—Y no te importa lo que pase en el país.

—Sí que me importa, pero no creo que las autopistas le hagan mal a nadie.

Y sobre todo me van a hacer bien a mí, pensé, pero no lo dije.

—Preguntáselo a las ciento cincuenta mil personas que van a desalojar.

Vi a un ejército de gente, con la jaula del pajarito, el televisor, la cocina, la heladera y los muebles en la calle, casi la escena final de *Milagro en Milán;* claro que éstos no irían al cielo.

—¿Ciento cincuenta mil personas?

—Los que viven en las casas que van a tirar a abajo para que pasen tus autopistas.

—No son mías y no dramatices. Seguramente los indemnizarán y con la plata que saquen tendrán oportunidad de comprarse una casita mejor.

—Sos muy ingenuo o muy cínico.

Me interesaba poco esta charla. No había ido para hablar de autopistas, era suficiente con soportar al gordo Zavala.

—Tal vez tengas razón —dije—. ¿Por qué abandonaste sociología?

Recobramos la paz. Me contó que luego de cursar dos años se dio cuenta de que la facultad no era para ella.

—¿Razones profesionales? —pregunté.

—Políticas —dijo.

—Y después te casaste —dije.

—¿Es una gracia?

—No. Es una verdad. Me dijiste que estabas casada, que no tenías hijos y que tu marido es abogado. Es bueno saberlo, tal vez alguna vez lo necesite.

Me dedicó una sonrisa, claramente despectiva.

—No creo que se complique en las cosas que estás vos —dijo—. No hace derecho comercial, y de ningún modo sería cómplice en negociados como el de las autopistas.

Volvíamos al tema, no me interesaba. Seguía sin saber muy bien por qué yo estaba ahí y comenzaba a aburrirme. Miré la hora. Tenía hambre y odio comer solo.

—Hay un bife de chorizo con ensalada de radicheta pendiente —dije.

Dijo que podía ser, pidió que la disculpara un instante y se puso de pie. Fue hasta el cuarto de baño y tardó algo menos de diez minutos en volver.

—Cuando quieras —dijo.

Se había pintado un poco la cara y se había recogido el pelo. Le quedaba mejor suelto. Le pregunté si conocía algún sitio. «Hace mucho que falto», me disculpé. Dijo que a una cuadra y media de ahí. La seguí. Fuimos por Quintana hacia Callao. Se detuvo frente a una galería mucho más limpia que la de la otra noche en San Telmo.

—Por lo que veo, te apasionan las galerías —dije.

—El restaurant está en el fondo —dijo y señaló una gran puerta que ostentaba una rueda de carreta sobre su dintel.

En semejante escenario, la vaca no podía estar ausente. Finalmente comimos el bife de chorizo, que no resultó tan sabroso como yo había imaginado. Recuperar el sabor de la ensalada de radicheta fue más placentero. Aunque estaba convencido de que todo se iba a limitar a esa comida, no me pareció prudente pedir que le agregaran ajo picado. Hasta llegar a los postres hablamos de cosas sin importancia, supuse que, tendríamos el respetable aspecto de un matrimonio veterano durante su habitual cena de los viernes a la noche. Le serví vino por quinta vez y le pregunté por el marido.

—¿Y tu marido? —pregunté—. ¿Dónde está tu marido?

Mi curiosidad no le molestó en lo más mínimo. Bebió un trago.

—Está trabajando —dijo.

—¿A esta hora?

—Trabaja a toda hora —dijo—. Lo suyo no es representar empresas españolas que vienen a hacer negocios con gobiernos militares.

—No creas que es un trabajo fácil, de los que se consiguen así nomás —dije.

—No me entendés, no hablo de eso. Hablo de ética. José Luis jamás haría un trabajo así.

No tenía ganas de competir con el esposo ausente.

—No delires. Cualquiera que te escuche pensaría que soy un ladrón de bancos.

—Peor —dijo y durante un buen rato tuve que aguantar un discurso acerca de la corrupción y el modo infame en que se hacían esta clase de negocios. Pensé que Mercedes me conocía más de lo que yo imaginaba.

—Pará, pará —dije—. Tenés mucha imaginación. Lo mío no va más allá de representar a una empresa extranjera que quiere invertir en el país.

—¿Tengo que felicitarte?

—No. Tenés que dejar de prejuzgarme.

Hizo un gesto cordial y por largo rato hablamos sin agredirnos. Dije que podríamos tomar una copa en otro sitio. Dijo que era tarde, que se le hacía tarde. No insistí, yo también tenía ganas de irme a dormir. Otra vez le dije hasta dónde la llevaba y otra vez me dijo que ella me llevaba a mí, que el Sheraton le quedaba de paso. Era imposible que desde cualquier sitio el hotel siempre le quedase de paso.

—Entiendo —dije—, a ningún hombre le gusta que un desconocido acompañe a su mujer hasta la puerta de la casa.

—No digas tonterías. José Luis confía en mí. Me queda de paso, eso es todo.

Hablaba de José Luis Poggi con una extraña mezcla de amor y admiración, como rara vez lo hacen las mujeres cuando hablan de sus maridos; casi lo envidié. Llegamos a la esquina del hotel y repetimos los gestos de la despedida anterior, pero esta vez le pedí el número de teléfono.

—Yo te llamo —dijo Mercedes.

Dije que a partir de ese momento me quedaría esperando su llamada y me fui convencido de que jamás me llamaría. No me preocupaba. No tenía ganas de entrar en competencia con su virtuoso marido. Pensé que era el final de algo que ni siquiera había comenzado. Esa fue mi segunda gran tontería de aquella noche.

XXVI

HACÍA SOLO CUATRO días que había comenzado la primavera. Por lo que no me sorprendió que el sábado lloviese a cántaros y que el sol recién apareciera tímidamente a última hora de la tarde del domingo. A mediodía de ese sábado de lluvia entré en un restaurant con el único propósito de comer lo que me pusieran en el plato; después me metí en el primer cine que encontré, dispuesto a aceptar lo que me pusieran en la pantalla. Mis intenciones se cumplieron plenamente: comí mal y vi una cinta digna de olvidarse. Al menos yo comencé a olvidarla a los pocos minutos de sentarme en la butaca. Mientras al héroe de la película todo se le hacía fácil, a mí las cosas se me complicaban cada vez más. Había vuelto al país y había reencontrado a mi familia, o lo de que de ella quedaba, con madre incluida. Sólo me faltaba entonar «barra antigua de ayer dónde estás», y salir a buscar a los viejos amigos. Para colmo, en medio de tamaño desencuentro me había cruzado con una delirante que se empeñaba en hablarme maravillas del marido. «La única verdad es la realidad», había dicho el General que tanto admiraba Mercedes, y la realidad de esta historia, mi realidad, eran las autopistas, eran los socios anónimos que jamás conocería y era el gordo Zavala, a quien estaba condenado a caerle confiable en bien de mi negocio y mi economía. Lo había visto por última vez en aquella comida en El Tropezón; después no hubo ningún llamado. No debía preocuparme, tenía que espe-

145

rar, armarme de paciencia y aprender a matar el tiempo en otras cosas; por ejemplo, viendo películas donde un héroe atlético gana todas las peleas y conquista a todas las muchachas. Quería irme del cine, o del país. Por ahora sólo podía irme del cine. Cuando salí a la calle continuaba lloviendo con fuerza y yo, honestamente, no me sentía Gene Kelly.

Llegué al hotel a la hora del whisky doble con soda. No había ninguna llamada. Fui hasta el bar. El barman llenó mi copa antes de que se lo pidiera: empezábamos a entendernos. Estuve un buen rato con la mirada fija sobre una mosca que de tan inmóvil parecía parte de la decoración. Le acerqué la mano y vi cómo volaba hacia una columna, se quedó un instante posada allí y después volvió a volar. Le perdí el rastro. Era tiempo de subir a mi habitación; los cinco whiskies que llevaba serían suficiente compañía. No me atreví a mirar por la ventana, supuse que la Torre de los Ingleses y las cúpulas de Retiro continuaban en su sitio. Me tiré sobre la cama y dormí hasta el mediodía. Cuando desperté seguía lloviendo a baldazos.

El baño borró los restos de la modorra, pero no los del alcohol. Más que en el cuerpo los sentía en el estómago. Decidí que era un síntoma de vejez y de inmediato recordé a todos los viejos y santos bebedores que conocía. No le eché la culpa a los años sino a la calidad del whisky, debía cambiar de marca. Llamé a conserjería y pedí que me subieran un par de sandwiches tostados y una botella de Chateau Vieux. Dije que agregaran cualquier diario de la mañana. Entre bocado y bocado me enteré de que los jefes militares analizaban la ola de violencia que azotaba al país, entendían que había recrudecido la acción subversiva urbana y aconsejaban, textualmente, «no aceptar las ideas implantadas de las mentes jóvenes por expertos internacionales de la subversión creyendo que son sólo inquietudes juveniles que no revisten gravedad». Eran más claros dando órdenes que escribiendo consejos. En la doble página central un largo artículo, sin firma, se empeñaba en explicar lo dichosos que iban a ser los automovilistas y lo fluido que sería el tráfico cuando se inauguraran las autopistas. Todo seguía como siempre. Encendí la pipa, fui hasta el teléfono, levanté el tubo y pedí que me comunicaran con Barcelona; tal vez allá hacía buen tiempo. La voz de Jordi me reconfortó.

—Afuera es noche y llueve tanto —dije.

—¿Noche? —se sorprendió.

—Bueno, mediodía, pero llueve más que en el tango.

Jordi dijo que dar los informes meteorológicos los domingos por la tarde le parecía un detalle gentil, de buen gusto, y me preguntó cómo estaba. Le confesé que mal, pero que ya se me iba a pasar. El síndrome del fin de semana, dije. El no tenía noticias de Montse, tampoco de Lores y Verges. Por lo visto mi ausencia no se notaba en aquellas tierras. Quiso saber cómo seguían mis asuntos. Le dije que aparentemente bien y le conté que había conocido a una mujer llamada Mercedes.

—¿Es parte del negocio? —preguntó.

—Nada de eso. No tiene nada que ver con el negocio. Creo que no tiene nada que ver con nada, al menos no tiene nada que ver conmigo.

—Veo que volver a tus ancestros favoreció tu claridad de expresión —dijo.

Le describí el encuentro en La Biela y le conté brevemente qué me había dicho durante la comida.

—¿Vuestras mujeres son todas así o ésta es un caso especial?

—Tal vez sea un caso especial. No lo sé. No creo que me llame más.

Dijo que era lo mejor que me podría pasar. Le dije que yo pensaba lo mismo, aunque en el fondo fuese una formidable mentira.

—En la próxima te prometo mejores noticias —dije.

—Y el estado del tiempo, por favor —dijo.

Corté y estuve largo rato de pie frente al teléfono. La pipa se había apagado. No tuve voluntad de encenderla. Fui hasta el cuarto de baño, el espejo me devolvió un rostro lamentable. Recordé días peores y volví a la habitación. Pensé en otro baño, pero decidí que lo mejor era dormir. Me tiré sobre la cama con la esperanza de no tener pesadillas. No las tuve. Me despertó la campanilla del teléfono, era de noche y había dejado de llover. Levanté el tubo y pensé en Mercedes. Oí la voz de Zavala.

—Suerte que lo encontré —dijo—. Es importante que mañana nos veamos. Lo espero a las once.

—¿Algún inconveniente? —quise saber.

—Todo lo contrario. Mañana le cuento.

Miré la hora: las nueve y media. Bebí el poco vino que quedaba en la botella y me puse alguna ropa. Iba a comer en el hotel; solo, pero bastante más tranquilo. Ya no me importaba que Mercedes llamase o no.

Llegué a lo de Zavala las once en punto. Esta vez no tuve que hacer antesala; Elvira dijo que pasara, que el señor Zavala y el ingeniero Maderna me estaban esperando. Cada cual ocupaba el mismo sillón de la vez anterior. Busqué mi lugar y me senté.

—Comentaba con el ingeniero lo bien que están saliendo las cosas —dijo Zavala.

Se los veía felices.

—Me alegro —dije y les pedí que me contaran las buenas nuevas. Zavala, con un gesto, le cedió la palabra a Maderna. En ese momento entendí que el ingeniero era el filtro del filtro, el contacto directo entre nosotros y los socios anónimos. Debía prestarle atención.

—Bueno —dijo—, como con exactitud afirma el amigo Zavala, los primeros pasos ya están dados y todo indica que si bien aún no estamos en la recta final, vamos con buen rumbo hacia la meta.

Hizo una pausa, tal vez esperando algún comentario o que lo felicitáramos por tan aguda metáfora.

—Los términos del acuerdo se acercan mucho a lo que se había pensado —completó Zavala—, y todo hace suponer que los pequeños puntos oscuros que aún subsisten se aclararán sin conflictos.

—Sin duda —dije, aunque no tenía la menor idea de qué era lo que habían pensado y cuáles eran los puntos oscuros.

—Somos gente de bien —agregó Zavala.

El mejor chiste de esa mañana. Aunque él no lo había dicho en broma: se sentía de verdad un hombre de bien. Eso era lo que más espantaba.

—Sin duda —repetí.

Pasado el intermedio de los elogios, Maderna continuó con su relato. Pude saber que esos puntos oscuros eran simples ajustes de comisiones, que no afectaban al grueso de la transacción. Los informes económicos y financieros encajaban perfectamente. Me explicaron que aprobada esa materia, el resto era sencillo: dirían a qué precio tendría que cotizar y después, como por arte de magia, mi oferta sería la aprobada. El dinero que había llevado a Ginebra serviría para financiar ese pequeño favor. Estoy seguro de que ni siquiera iba a salir de la Confederación Helvética, simplemente lo transferirían de una cuenta a otra. Sin embargo, había algo que no terminaba de cerrar. La suma depositada en Suiza era muy pequeña en relación con las cifras que se movían en Buenos Aires. El negocio estaba en otra parte y yo no sabía dónde.

—Será una magnífica operación —dije.

—Beneficiosa para todos —acotó Zavala.

—Pero fundamentalmente para el país —dijo Maderna.

—Eso nadie lo duda —agregué. Sólo faltaban French y Beruti repartiendo escarapelas. Zavala miró la hora.

—Señores, ya es el mediodía —dijo y por un instante pensé que tendría que soportar otro almuerzo en El Tropezón. Afortunadamente, Zavala y el ingeniero Maderna tenían compromisos ineludibles. Me acompañaron hasta la puerta y prometieron que me llamarían antes del fin de semana.

—Ahora comienza el trabajo fuerte —dijo Maderna—, contamos con usted.

—De acuerdo —dije.

Salí a la calle. Después de dos días de lluvia el cielo se había despejado. Decidí volver al hotel caminando. No sirvió de nada. Cuando pedí la llave de mi habitación seguía tan confundido como al principio. Junto con la llave me dieron un mensaje: había llamado Jordi. Tal vez él podría ayudarme.

XXVII

Dijo que se trataba de una voz grave, que no daba ni nombre ni número de teléfono, que sólo decía *un missatge, si us plau*. Aunque únicamente a Jordi se le podría ocurrir un pedido tan dramático y conciso, no lo imaginaba a merced de esos adminículos electrónicos. Le dije a la telefonista que llamara otra vez. Llamó y me informó que ahora no atendía nadie, ni siquiera el contestador automático.

Comí en el hotel esperando en vano la llamada de Jordi. A las cinco de la tarde pedí que insistieran. «No responden», dijo la telefonista y entonces comencé a imaginar cosas; en situaciones así dejo volar mi imaginación. Suele tener vuelo corto. Tal vez quería contarme algún chisme de Montse o decirme algo acerca de Lores y Verges o simplemente preguntar cómo seguían mis cosas. Nunca llegué a imaginar el verdadero motivo; eso recién lo sabría al día siguiente.

A las diez de la noche se me ocurrió una venganza: despertarlo en mitad del sueño. Iba a pedir la llamada, pero decidí que no eran cosas para hacerle a un amigo. Me fui a comer convencido de que había realizado mi buena acción del día. Volví una hora más tarde, elegí la silla más cómoda y encendí la pipa. Mientras intentaba en vano fabricar círculos de humo fui pensando en el enorme círculo en el que me había metido. Era inceptable que el negocio se redujera a la comisión que yo había depositado en Ginebra, tenía que ser algo más gordo. Pero cómo y dónde. Sherlock Holmes había resuelto enigmas más complicados sin salir de su cuarto. Claro que él tenía, además de su pipa, el violín y el opio.

Dormí como un angelito. ¿Cómo duermen los angelitos?, habría preguntado Jordi, pero Jordi seguía sin aparecer. Miré el teléfono, recorrí con la mirada la habitación impecable y decidí que el desayuno lo tomaría abajo, en el bar. Estaba a punto de ponerle manteca a la primera tostada cuando vi que un botones se acercaba a mi mesa. Casi al oído me dijo que tenía una llamada de Barcelona y me señaló un teléfono, a pocos metros de donde estábamos. Era Jordi. Quise saber si estaba en su casa. Dije que lo llamaría en unos minutos, que no se moviera por ningún motivo. Camino a mi habitación pedí la llamada a la operadora. Entré y me paré junto al teléfono, levanté el auricular antes de que la campanilla sonara por segunda vez.

—Desde ayer que te estoy buscando —dije—. Primero apareció un contestador automático, después ni eso.

—Es que sólo acepto un cupo de mensajes diarios, luego lo desconecto.

No tenía ganas de profundizar esa extraña modalidad, no al menos a tantos miles de kilómetros; quise saber por qué me había llamado.

—Cuento con noticias de tus socios —dijo y de inmediato preguntó—: ¿Tienes tiempo?

Era la clave para saber si podíamos hablar. Dije que no lo oía bien y que en diez minutos tenía una cita impostergable. Jordi comprendió de inmediato, dijo que no era nada importante, que esperaba mi llamada. Un rato más tarde volvíamos a hablar, ahora desde una inocente y anónima cabina de ENTel.

—¿Qué pasa con Lores y Verges? —pregunté.

—Ese italiano que te invitó a comer en Aosta... Da Vinci, el que cogiera la brigada de delitos económicos...

—Me invitó a comer en Aosta y lo detuvo la brigada, pero no se llama Da Vinci, se llama Di Renzo, Marcello Di Renzo —lo interrumpí.

—Bueno, como se llame. A ese tal Di Renzo jamás le cogió brigada alguna. Anda libre por el mundo y goza del respeto de las fuerzas de la ley y el orden.

Le dije que no podía ser, que tenía que estar confundido.

—No estoy confundido. Sólo me equivoqué con el nombre; es fácil, entre Da Vinci y De Rinzi parece que tuviesen una raíz común y sin embargo...

—No me interesa la etimología, no ahora. ¿Cómo sabés que es el mismo?

—Porque estuve con él en un cocktail, ésos a los que vas por compromiso. Lo cierto es que entre copa y copa me contó de cierta *trattoria* en Aosta y me habló de ese plato que coméis vosotros y los italianos: polenta, ¿no es cierto?

—Es cierto —dije, resignado.

—No me habló de ti, no sabe que te conozco. Majo, tu querido De Rinzi...

—Di Renzo —corregí.

—Tu querido Di Renzo es un pez fuerte en esa sociedad para la que trabajas. Digamos que es la conexión italiana.

—No entiendo —dije.

—Oye, inclusive para ti debería ser fácil. Di Renzo jamás hubiese viajado. Idearon todo el follón para que el viaje lo hicieras tú. Digamos que estaban conmovidos por tu desarraigo suramericano, y de paso podías ganarte unas buenas perras; no es mala gente.

—¿Por qué a mí? —pregunté; oí la risa de Jordi—. No estoy para bromas

—Es que esto ya parece un culebrón. Te eligieron a ti porque eras el argentino indicado: se supone que en tu país te moverías como pez en el agua, no te conoce nadie y no conoces a nadie. Todo muy anónimo y sin despertar sospechas.

—¿Por qué no fueron directos? Del mismo modo que me propusieron lo de Ginebra podrían haberme propuesto lo de Buenos Aires.

—Una cosa es ir a Suiza y otra muy distinta ir a la Argentina, podrías haber dicho que no y ellos no podían arriesgarse a un fracaso.

—¿Y ahora?

—Y ahora a aguantarse, tío.

Iba a decir que no, que de ninguna manera. Iba a mostrar toda mi indignación por haber sido engañado, pero no dije nada. A veces el desmesurado monto de los honorarios te lleva a perdonar las pequeñas mentiras; pasa a menudo. Le conté mi último encuentro con Zavala y con Maderna, le dije que todo marchaba sobre ruedas y que en los próximos días nos presentaríamos al concurso de precalificación.

—Todo muy cristalino —dije—. Entonces, ¿qué pito tocó yo en esta comparsa? Es demasiado gasto tener a alguien para que sólo lleve y traiga papeles.

Jordi elogió mi humildad y me recordó que se trataba de un negocio de muchos millones.

—Necesitan que alguien siga las operaciones, paso a paso. Para eso te han enviado, majo.

—¿Y si fracaso, si les fallo?

—No cobras un duro, así de simple.

Era una razón contundente.

—¿Quienes son los socios de allá? —preguntó.

—Fuerzas de aire, mar y tierra.

—O las de aire o las de mar o las de tierra. De ninguna manera las tres juntas.

—¿Por qué no? Justamente han formado un gobierno al que llaman Junta de Comandantes.

—Sólo se juntan cuando se trata de cuidar los intereses de la patria; a la hora de atender sus propios intereses, proceden de otro modo: no les gusta mezclarse, prefieren actuar por separado.

No había nada que discutir: la historia le daba la razón. Nos despedimos prometiéndonos cosas: él iba a investigar dónde se escondía el negocio real; yo debía descubrir para cuál de las tres armas trabajaba. Volví al hotel pensando que

Zavala o Maderna podrían darme ese dato. Pero ni Zavala ni Maderna me iban a decir dónde estaba la verdadera ganancia. Debía esperar la llamada de Jordi. Como por arte de magia, en ese momento sonó el teléfono. No podía haberlo averiguado en tan poco tiempo; o tal vez sí. Levanté el auricular.

—Soy Mercedes —oí.

Demasiadas emociones en un sola mañana. Dije que me alegraba de oírla y habrá sonado auténtico porque de inmediato me preguntó qué pensaba hacer.

—Iba a desayunar.

—No ahora. Esta tarde, ¿qué pensás hacer esta tarde?

—Nada —dije.

—Te paso a buscar por el hotel. Esperame en la esquina, a las seis en punto.

Hablaba desde un teléfono público y se había quedado sin monedas, o desde donde hablaba no podía decir más que eso.

—Está bien —dije.

Ella cortó sin agregar nada, pero oí, o creí oír, algo parecido al sonido de un beso. Desistí del desayuno. Me tiré sobre la cama y pedí que me subieran un café doble. No tenía nada que hacer hasta la seis de la tarde.

XXVIII

FUI PUNTUAL. Ella no. Esperé algo más de quince minutos. Estaba por irme cuando descubrí que desde un coche me hacían señas. Era Mercedes. Se acercó al cordón de la vereda.

—Subí rápido —dijo.

En el interior no había un solo elemento personal. Ese auto y Mercedes no tenían muchas cosas en común. Seguramente era del marido. El doctor José Luis Poggi usaría ropa clásica y tendría todo el aspecto de un abogado ascético. Tal vez era un coche alquilado o quizá recién lo habían comprado. No se percibía olor a nuevo, contuve el deseo de abrir la guantera y verificar los papeles.

—¿Es tuyo? —pregunté.

—Mío y de José Luis. Más mío que de José Luis, a él no le gusta manejar.

—A mí tampoco —dije, solidario.

Durante un rato hablamos de las ventajas y de los inconvenientes de conducir por la ciudad. Me enteré de que ella odiaba hacerlo de noche; al contrario de José Luis Poggi que poseía la visión y los reflejos de un gato. Me habló del accidente que habían sufrido un par de años antes. Supe que ella seguía con vida gracias a José Luis, a la habilidad de José Luis. Porque si no hubiera sido por esa maniobra ahora no me estaría contando eso.

—Pero me dijiste que odia conducir.

—Acá se dice manejar. Y que a él no le guste no significa que maneje mal.

Aprobé en silencio y así anduvimos otro largo rato. Mercedes sólo parecía interesada en los vaivenes del tránsito.

—¿Adónde vamos? —pregunté.

—A pasear, ¿no te gusta pasear? Pensé que después de tantos años de ausencia tendrías ganas de recorrer los cien barrios porteños.

—No son tantos —dije—, y supongo que hoy no los veremos a todos.

—Podemos ir al barrio de nuestra infancia —propuso, aunque se dirigía resueltamente hacia el norte—. Yo te enseño la casa donde nací y vos me enseñás la casa donde naciste.

Recordé el potrero, la higuera moribunda, la camelia y el limonero secos.

—No es mala idea —dije—, pero estás yendo exactamente al revés.

—Habrá tiempo, habrá tiempo.

Decidí dejarme llevar. Mercedes había bajado la velocidad, pero no había cambiado el rumbo.

—Hablé con José Luis acerca de tu negocio —dijo de pronto, sin quitar la vista del parabrisas.

Mercedes compartiendo la merienda con su marido mientras le hablaba de mí. No era lo que suele entenderse como una escena de la vida conyugal.

—¿Mi negocio? —pregunté.

—Las autopistas —dijo.

—No es mi negocio, soy un simple representante —dije.

—Sos el simple representante de uno de los mayores negociados de los últimos años. Son palabras de José Luis —dijo ella y casi sonó como una sentencia bíblica.

—Es una obra de gran envergadura, no entiendo lo de negociado.

—Los milicos sólo hacen negociados —dijo.

—¿Esa es una opinión tuya o de tu marido?

Mercedes por primera vez quitó los ojos del parabrisas y me dedicó una mirada rápida.

—Es la opinión de todo el mundo —dijo, secamente—. Al menos, de todo el mundo honesto.

—¿En qué campo me ubico?

—Vos sabrás.

Lo sabía muy bien. No sabía por qué continuaba en ese auto y con esa mujer. Pensé decirle que me dejase en cualquier esquina, podría regresar en taxi; hasta los taxistas resultarían más gratos en ese momento. La miré. Tenía un buen perfil: frente limpia, ojos grandes, nariz recta y labios agresivos. Sonreía y no se molestaba en disimularlo.

—No entiendo de qué te reís —dije.

—De vos —dijo—, de cómo te ponés. No creo que seas un mal tipo. Simplemente estás en la vereda que no te corresponde. Te vendría bien hablar con José Luis.

Ahora era yo quien debía reír.

—¿Con José Luis? —dije.

—Sí, con José Luis —dijo ella y sin bajar la velocidad se ocupó de anticiparme todo lo que iba a decir su marido si yo me decidía a hablar con él. Hizo un extraño cocktail entre el Che Guevara, Lumumba, Nasser y Perón, postuló el triunfo de la revolución nacional, y vaticinó un mundo socialista basado en el movimiento peronista que —dijo— estaba más vivo que nunca pese la muerte de Perón.

—Eso suena a montonero —dije—. Según recuerdo, los echó de la Plaza.

—No entendés nada. Los años afuera.

Iba a decirle que Perón también había estado muchos años afuera, pero comprendí que era inútil.

—¿Qué sabe tu marido de las autopistas? —pregunté.

—Lo que te dije, que es un gran negociado de los milicos.

—¿Armada, ejército o aviación?

—Armada y ejército.

—¿Juntos?

—No, únicamente se juntan cuando hay que reprimir. En el resto cada cual atiende su juego y todos quieren quedarse con la gallina de los huevos de oro.

Iba a decirle que coincidía con la tesis de Jordi.

—Lamento desilusionarte —dije—, pero hasta ahora sólo he tratado con civiles.

—También los hay: el doctor Fernando Latorre, abogado y secretario de planeamiento de la Municipalidad, y el ingeniero Eduardo Maderna. Los dos son entusiastas colaboradores del ejército.

Sentí una extraña emoción: sabía para quién trabajaba. Habíamos llegado a una cuadra arbolada y solitaria, supuse que estábamos en Villa Urquiza. Mercedes detuvo la marcha y apagó el motor del coche.

—¿Y ahora? —pregunté.

Dijo que debía quedarse unos minutos ahí, que tenía que verificar algo. No había mucho para ver: dos camiones estacionados en la vereda de enfrente y un coche a cincuenta metros de donde estábamos nosotros. No había ni chicos, ni mujeres ni hombres. Dijo que contaba conmigo, que le estaba haciendo un enorme favor, y adoptó gestos cariñosos, que en nada se parecían a los que había utilizado hasta ese momento. Apoyó su mano derecha sobre mi rodilla izquierda y repitió que confiaba en mí. Le agarré la mano, puse el brazo sobre su hombro y la atraje hacia mí. No opuso resistencia, pero no dejó de mirar por la ventanilla. Tenía la rigidez de una estatua y tanto ardor como el mármol.

—¿Cuál es el juego? —pregunté.

—No hay ningún juego —dijo, sin dejar de mirar hacia la otra vereda.

Noté un ligero estremecimiento sobre su piel. No era a consecuencia de mi abrazo sino por un hombre de no más de cuarenta años que cruzaba la calle a paso tranquilo, en compañía de una mujer algo más joven. Pensé en soltarla, pero Mercedes se dio vuelta de golpe, se aferró a mí y me besó con fuerza. Cuando nos separamos el hombre había desaparecido y la calle parecía más desierta que nunca.

—¿Y ahora? —pregunté.

—Lo que vos quieras —dijo ella, dócilmente.

Hacía años que no iba a un hotel alojamiento, un invento casi tan argentino como el colectivo o el dulce de leche. Se puede decir que me sentí realmente en Buenos Aires en el preciso momento que entré con Mercedes en ese desconocido hotel de Villa Urquiza. Nos entendimos bien, casi sin decir palabra. La cama tenía sábanas negras y desde unos parlantes estratégicos se oía la voz de Armando Manzanero confesando que esa tarde había visto llover. Mercedes encendió un cigarrillo, yo desistí de la pipa: no hay nada más ridículo que un hombre desnudo con una pipa en la boca. Me tiró humo en la cara. Le quité el cigarrillo y la volví a besar, después hice la pregunta que venía guardando hacía más de una hora.

—¿Ese tipo era tu marido? —pregunté.

—¿Qué tipo?

—El único que cruzó la calle. Iba con una mujer.

Mercedes me soltó y comenzó a reír con fuerza, su cuerpo desnudo vibraba sobre las sábanas negras; era un bello espectáculo.

—¿De dónde sacaste semejante historia? —dijo.

Me incorporé y apoyé la espalda contra el respaldo de la cama. Tenía unas formidables ganas de fumar. Pensé que con la pipa ahora no quedaría del todo ridículo, pero la pipa estaba en el bolsillo de mi saco, a metros de distancia. El cigarrillo de Mercedes, en cambio, se consumía indiferente en el cenicero, sobre la mesa de luz. Le di dos pitadas largas, tosí y dije:

—Sucede en las mejores familias. La esposa sospecha del marido y lo sigue hasta sorprenderlo con su joven amante.

—Estás loco. José Luis es el tipo más fiel del mundo —dijo ella y literalmente comenzó a trepar por mi cuerpo—. Nos tenemos mutua confianza.

Pensaba contestar algo. Mercedes me besó con fuerza en la boca y de inmediato se entretuvo con mi cuello. De pronto me interesaba muy poco la vida de José Luis Poggi. Ella continuó hablando.

—Me quiere mucho —dijo, sin dejar de besarme— y yo lo quiero mucho. Pero vos difícilmente lo entenderías.

Sentí que esa mujer en el fondo me odiaba, había cierta languidez en sus movimientos, cierta extraña actitud en su manera de besar. Por un instante la imaginé Carmilla, tenía los mismos ojos grandes, negros y brillantes, la misma piel blanca, el mismo cabello oscuro y espeso que la mujer-vampiro de Le Fanu. Puse mis manos sobre su cabeza y la aparté con violencia. Miré su rostro. En lugar de los atroces colmillos que imaginaba, me topé con unos labios húmedos y entreabiertos. Me olvidé de la literatura y la besé como hasta ese momento no la había besado. No pareció importarle. Un instante después volvió a mi cuello y siguió hablando.

—Hay muy pocos hombres que tienen la dignidad de José Luis —parecía gozar ante cada palabra—. Es inútil que te lo cuente, no lo entenderías.

Sólo faltaba que me tirase por el inodoro. Nunca antes había vivido una situación así. Por regla general, las mujeres infieles hablan pestes de sus maridos. Momento en que uno, desde la cama, asume la defensa del esposo engañado. Mercedes había puesto las cosas del revés, y me dejaba sin argumentos. Pensé en decirle que si tanto lo quería, por qué todo esto, pero seguramente iba a repetir lo de mi incapacidad de entendimiento. Opté por no abrir la boca. Aquella tarde pensé que es de verdad imposible descifrar el misterio de ciertas mujeres. Las cosas no siempre son como uno las imagina.

XXIX

No me podía quejar: estaba a punto de concluir un negocio que me brindaría interesantes beneficios, y me había ido a la cama con una mujer que merecía figurar en el libro de records Guiness o en cualquier volumen de psicoanálisis. Durante todo el tiempo que hicimos el amor —y antes y después de hacerlo— se había empeñado en recordarme que su marido era la única y verdadera pasión de su vida. Hasta tuve ganas de conocer a ese hombre, quería felicitarlo por estar casado con una mujer que lo amaba con tanto entusiasmo.

Habían pasado veinticuatro horas de mi encuentro con Mercedes y cuarenta y ocho desde la reunión con Zavala y Maderna. Ni ella ni ellos daban señales de vida. No tenía por qué inquietarme. Seguramente, Zavala y Maderna se pondrían en contacto conmigo antes de que finalizara la semana, y Mercedes iba a llamar en cualquier momento; aunque sólo fuese para recordarme todo lo que amaba a su marido. Tampoco tenía noticias de Jordi, las dos veces que había intentado hablar con él sólo oí su voz grabada. En tono casi dramático continuaba implorando que le dejasen un mensaje; no le di el gusto. Decidí que no había dos sin tres y fui a la oficina de ENTel. Pedí la comunicación y me senté a esperar, sin muchas ilusiones.

—Barcelona en cabina seis —anunció la operadora diez minutos después; sus palabras me sonaron a música.

Jordi no tenía mayores cosas para contar. Dijo que había llegado el frío, que había visto de casualidad a Montse, que seguía igual que siempre o quizá un poco más gorda; y dijo que no sabía nada de Lores y Verges, tal vez habían decidido invernar. Aún no había dilucidado cuál era la verdadera ganancia en el negocio de las autopistas. Le dije que no se desmoralizara y continuase pensando. Me preguntó cómo seguían mis cosas.

—Sé para quién trabajo. Soy un empleado del ejército —dije y antes de que me lo preguntara, agregué—: Lo supe por Mercedes, ¿te acordás de esa mujer, la que me iba a llamar?

—Me acuerdo —dijo Jordi—. Te llamó y te contó todo.

—Nada de eso. Simplemente me dijo que Maderna es un colaborador del ejército.

—¿Y ella, cómo lo sabe?

—No se lo pregunté. Me entretuve en otros asuntos, más placenteros.

—Yo que tú me cuidaría, Casanova.

Le dije que no se inventara una policial.

—El único enigma —dije— es que se fue a la cama conmigo, pese a que ama apasionadamente a su marido.

Jordi dijo que eso no era ningún enigma, que pasaba en los mejores matrimonios, y quizo saber quién era ese hombre tan amado.

—José Luis Poggi se llama, es un abogado cojonudo. Por lo que ella cuenta, las tiene bien puestas. Se me ocurre que es uno de esos tipos que aparecen muy de tanto en tanto. Algo así como un resabio de Mayo del 68, con un poco del Che Guevara y mucho del general Perón.

—De esa mezcla insolente no puede salir otra cosa que un cornudo.

—Estás viendo el asunto con ojos europeos.

—No tengo otros.

—Aquí las cosas funcionan distinto. Digamos que Poggi es el hombre que alguna vez nosotros, vos y yo, quisimos ser.

—El aire pampeano te está haciendo daño. Ser cornudo no figura en mis proyectos inmediatos y ni en la más espantosa de mis borracheras desearía encarnarme en el general Perón, por el solo hecho de haber sido amigo de Franco no lo puedo admitir en mis fantasías.

Quise explicarle que yo estaba hablando de otra cosa, pero no me dio tiempo. Dijo que al menos ellos (no pude preguntarle si los españoles o los catalanes) sabían dónde estaba el enemigo. Les dije que por saber tanto así les había ido. Me dijo que a nosotros no nos iba mejor. Comprendí que aquello se estaba transformando en una discusión política, y yo no había llamado para eso.

—No me interesa José Luis Poggi —dije—, me interesa su mujer.

—Es un problema tuyo, ya sabes que a mi sólo me interesan las mujeres de la literatura; son más trágicas pero mucho menos peligrosas.

Le dije que no exagerase, que esta historia no tendría final trágico, que no había ninguna razón para que Romeo usara el cuchillo con el noble propósito de evitarle achaques a Julieta.

—No repitas el error —dijo—. Romeo jamás atacó a su candorosa enamorada. Ella solita se apuñaló en la cripta de los Capuleto, cuando descubrió que el único hombre de su vida moría envenenado. No creo que esa infiel esposa de la que me hablas se clave puñal alguno, y mucho menos creo que tú te envenenes como prueba de amor.

Aunque sin cuchillo ni veneno, esta historia también tendría final trágico, pero eso Jordi y yo lo íbamos a saber tres semanas después. El día de la charla todas las cartas estaban a mi favor. Le dije que no se preocupase y que se fuera preparando para recibirme en El Prat. Prometí que volvería con buena plata, bifes de chorizo y dulce de leche.

Desde esa promesa hasta la tarde que llamó Mercedes pasaron dos largos días en que no hice otra cosa que comer y dormir: poco más se podía hacer en una ciudad que estaba, como nunca, de olvido y siempre gris. Encerrado en mi bunker cinco estrellas, lejos y a salvo de todo lo que sucedía diez pisos más abajo, me enteré por *Clarín* que la junta de comandantes había prohibido un libro de cuentos para chicos por considerar que «agraviaba a la moral, a la familia, al ser humano y a la sociedad», leí que los montoneros habían colocado un artefacto explosivo en las oficinas de ENTel, sucursal San Martín, que por fortuna sólo había causado daños materiales, y supe que el miércoles 5 de octubre se iba a realizar el concurso de precalificación; participarían once consorcios entre los que estaban Lores y Verges y sus socios locales y fantasmas. En el peor de los casos debería soportar treinta días más, calculé cuáles podrían ser mis ganancias, y decidí que bien valía la espera. Pensé en Mercedes, supuse que ella podría hacerla más agradable. Aunque no era una mujer para enamorarse, la extraña fidelidad a su marido y ese aire de constante agresión le daban cierto encanto. También importaba su modo de hacer el amor, pero esas no son cosas para andar contando. Me llamó el viernes, a las cinco de la tarde. Quedamos en vernos en La Biela, a las ocho de la noche.

Estaba en la misma mesa que la vez anterior, aunque ahora no escribía en ningún cuaderno. Se veía más bonita y parecía menos tensa. No fumaba y se alegró de verme. Pensé en el marido, lo imaginaba lejos de ahí. Casi sin darme cuenta, cortésmente, le pregunté por él.

—¿José Luis? —se sorprendió—. ¿Qué te importa dónde pueda estar José Luis?

Volvía a ser la Mercedes de todos los días.

—Lo imaginaba en algún sitio del interior.

—No es viajante de comercio, es abogado. Siempre lo imaginás fuera de la capital.

Iba a contestarle cuando noté que alguien se había parado junto a la mesa. No tuve duda de que se trataba de Poggi. Levanté la vista: era el mozo. Le pedí un whisky, necesitaba una buena dosis de alcohol para seguir adelante.

—Lo imagino afuera casi por una cuestión estética. No soporto las escenas del tipo «las trenzas de mi china y el corazón de él».

Mercedes se rió y acarició mi mano. Dejó de reír, pero no dejó de acariciarme. Dijo:

—Sos gracioso. Por mi parte, no corro mayores peligros: el pelo vuelve a crecer; pero vos, salvo que consigas un rápido transplante no creo que puedas seguir con vida. Quedate tranquilo, a él tampoco le gustan las escenas.

—¿Y si ahora apareciese de pronto? —dije y señalé hacia una de las puertas.

—¿Arrebatado por los celos? No seas ridículo, José Luis no es como sospecho que sos vos. Por eso estoy enamorada de él. Si ahora apareciera de pronto, te lo presentaría.

—Y nos quedaríamos hablando los tres, de bueyes perdidos.

—O de lo que se te ocurra —dijo, sin dejar de acariciarme.

Bebí el whisky de un solo y largo trago. Mucho me temía que Mercedes no iba a ser la mujer que me acompañara en los dos próximos meses.

—Efectivamente —dije—, soy celoso.

Lo dije con tal convicción que hasta yo estuve a punto de creérmelo. Mercedes lo creyó, porque otra vez sentí su mano sobre la mía.

—Sos muy loco —dijo, y no hablamos más de José Luis Poggi.

No deja de tener su encanto observar las tumbas de los muertos ilustres después de haber hecho el amor. Estábamos en uno de los hoteles detrás de la Recoleta. Mercedes había ido hasta el cuarto de baño y yo intentaba descubrir sombras en la oscuridad del cementerio.

—¿Qué mirás? —oí.

Se había envuelto con una toalla. Tenía el pelo mojado y supuse que la piel todavía húmeda.

—A los próceres —dije.

Pensé que vendría hasta la ventana, a mi lado, pero fue hacia la cama. Dejó caer la toalla y se tapó con las sábanas.

—Falta Rosas —dijo.

—Al menos ya pusieron a Evita —dije, abandoné la búsqueda de fantasmas históricos y me metí en la cama.

—¿Cómo podés ser tan gorila? —dijo.

La abracé. Me alegró descubrir que su piel continuaba húmeda.

—Porque fui un niño cuando en la Argentina los únicos privilegiados eran los niños, y a mí no me tocó ese privilegio. ¿Te cuento eso o preferís una historia aún más triste? No sé, tal vez sea costumbre de familia o herencia por parte de padres. Ustedes dicen que el peronismo es un sentimiento; digamos que yo no tengo ese sentimiento.

No era un tema de conversación, no al menos con una mujer desnuda en la cama. A ella ese detalle le preocupaba poco. Cada vez que hablaba de política ponía casi la misma vehemencia que utilizaba para hacer el amor. Se lo dije. Me preguntó cuándo iba a tomar las cosas en serio. Era la misma pregunta que más de una vez me había hecho Montse. No se lo dije. A veces se parecía a mi ex mujer, con todos los inconvenientes que eso significaba.

—Parece que no quisieras enterarte de lo que está pasando —dijo, saltó de la cama y buscó su ropa.

Verla vestirse también era un espectáculo. Le pregunté si tenía hambre y media hora después ocupábamos una mesa en un restaurant italiano. Ahí repitió el reproche.

—Se lo que está pasando —dije—, pero poco o nada puedo hacer.

—Salvo complicarte en el negociado de las autopistas —dijo mientras me servía una porción de *carpaccio*—. Es una especialidad de la casa —agregó.

Volvíamos al tema. Probé un bocado.

—Si esto es la especilidad, no quiero pensar cómo serán los otros platos —dije—. ¿De dónde conocés al ingeniero Maderna?

—¿Maderna? —se sorprendió.

—Sí, Maderna. El otro día lo nombraste. Dijiste que trabajaba para el ejército.

—Cualquiera que lea los diarios lo sabe, es un personaje público. ¿A qué viene esa pregunta?

Comí otro poco de *carpaccio*, que definitivamente no se caracterizaba por su buen sabor.

—Lo conozco —dije.

—Entonces no es necesario que te diga todo lo hijo de puta que es.

Llamé al mozo y le pregunté qué aconsejaba de segundo plato. Elegimos *penne rigate alla puttanesca*. Le dije que no recordaba haber comido un *carpaccio* tan sabroso y le pedí que los *penne rigate* los trajera con un buen parmesano. El mozo se fue hacia la cocina.

—¿Cómo podés cambiar tan rápido de opinión? —preguntó Mercedes—. Hace un instante dijiste que el *carpaccio* era horrible.

—No cambio de opinión. Simplemente, miento —admití, le serví un poco de vino y agregué—: Que Maderna es un hijo de puta no lo leíste en los diarios.

Los *penne rigate* no estaban ni al dente ni picantes, pero en este caso no abrí juicio. Mercedes no se molestó en explicarme cómo sabía que Maderna era una mala persona. La comida había sido fatal, pero al menos sirvió para confirmar lo que hacía días me inquietaba: estaba complicándome con una mujer ligada a los montoneros; algo mucho más arriesgado que enfrentar a un marido celoso.

XXX

TAL COMO LO HABÍA supuesto, Elvira Voz-de-Susurro llamó el lunes por la mañana. Dijo que el señor Zavala me esperaba a las once. No se molestó en preguntar si esa hora era buena para mí; se limitó a recordarme que fuese puntual y cortó. Me quedaba tiempo para un baño rápido y para un café, más rápido que el baño. Me bañé y vestí en menos de diez minutos, y ni aún así tuve tiempo de tomar el café. Subí a un taxi, le dije la dirección y me recosté sobre el respaldo del asiento. Abrí la ventanilla buscando aire fresco, pero sólo conseguí una ráfaga de viento caliente. Tres guirnaldas que colgaban del espejo retrovisor me recordaron que faltaban menos de dos meses para las fiestas. Me había acostumbrado a las navidades blancas, o casi blancas, y, por lo que sospechaba, este año tendría que pasarlas a treinta y dos grados a la sombra ¿Con quién iba a brindar? Mercedes seguramente estaría junto a su esposo. Tal vez me invitaba Zavala, ¿cómo sería la familia de Zavala? Se me ocurrió que tendría una mujer gorda y dos hijitos, también gordos. Imaginé a Zavala presidiendo una mesa plagada de exquisiteces, todos comiendo sin descanso. No iba a aceptar su invitación, y mucho menos la del ingeniero Maderna. Podría llamar a mi prima Hebe, seguramente aún guardaban duelo. «No estamos para fiestas», iba a decirme; después hablaría de mi madre, que lo pasara con mi madre, recomendaría. Recordé aquellas celebraciones multitudinarias y ruidosas, *la famiglia unita*, y decidí que iba a irme antes de los festejos. Prefería las navidades blancas y la noche vieja; me había acostumbrado a comer las doce uvas al paso de cada campanada.

Elvira Voz-de-Susurro había abandonado el tono castrense. Me recibió con esa calidez que únicamente se usa para los viejos amigos. No llevaba anillo de compromiso, tal vez estaba tan sola como yo. Por un instante la pensé junto a mí, una botella de champagne al hielo y ella cantándome «*jingle bells, jingle bells*», al oído. Estuve a punto de preguntarle con quién iba a pasar las fiestas.

—¿Y el General? —pregunté, el retrato de Zavala junto a Perón aún no se veía en la pared.

—Usted sabe cómo son, prometen una fecha y jamás cumplen. Creo que la próxima semana lo tendremos —dijo y señalando hacia la puerta, agregó—: el señor Zavala y el ingeniero Maderna lo están esperando.

Entré y ellos vinieron a mi encuentro. Zavala me alcanzó el *Clarín*. Era la edición del domingo.

—Apareció ayer. Lea —dijo y señaló la noticia.

«Licitan las obras de las autopistas», anunciaba el título. Leí las primeras líneas: «La comuna metropolitana procederá el miércoles próximo a la apertura de antecedentes para la precalificación de propuestas para la concesión de las obras de las autopistas 25 de Mayo y Perito Moreno por el sistema de peaje.»

—En un par de días estaremos ahí —dijo Maderna.

Uno se colocó a mi derecha, el otro a mi izquierda, y ambos me fueron llevando hacia los sillones. Se me ocurrió que iban a tirarme por la ventana. No había motivos, todo estaba saliendo tal como lo habíamos previsto.

—Magnífico —dije—, ¿y los socios locales?

—Aquí están —dijo Zavala y me acercó un papel.

Busqué el sillón que me correspondía, me senté y leí: Autopistas y Carreteras S.A., Martínez y Toole S.A., y Ancol S.A., tres empresas que desde los nombres anunciaban que las habían creado una semana antes. Sus verdaderos dueños seguramente iban a necesitar un hombre de paja; podría ser una buena fuente de trabajo, si decidía quedarme en el país.

—Magnífico —repetí—. Se puede decir que estamos en la recta final.

Zavala buscó la aprobación de Maderna, después dijo:

—Todavía hay algunas curvas. Los socios locales, como los llama usted, aspiran a unos puntos más. Surgieron ciertas dificultades, habrá que zanjar ciertos problemas...

—¿Dificultades? —interrumpí.

Maderna levantó apenas la mano derecha. Zavala le cedió la palabra.

—Pequeñas dificultades, tonterías —dijo—, pero es preciso que baje algo los costos y suba algo la participación de las empresas nacionales. Apareció una competencia fuerte, se dice que viene con precios tentadores.

Era más complicado de lo que yo suponía. Un colega entraba en escena en el momento crucial de la obra. ¿Para quién trabajaría: aviación o armada?

—Tengo que llamar a Barcelona —dije.

—Por supuesto —dijo Maderna—, pero que no pase de hoy. Simplemente es hacer unos ajustes.

También tendría que ajustar mi comisión, pero no me quedaba otro camino. Repetí que iba a llamar a Barcelona. Estaba a punto de ponerme de pie, cuando habló Zavala.

—¿Qué tal lo trata la ciudad? —dijo.

Le dije que bien.

—¿No tuvo más dificultades? —preguntó y sin esperar mi respuesta, se dirigió a Maderna—. Lo pararon los muchachos, un control; no pasó de eso.

Maderna miró atentamente las uñas de su mano izquierda, luego las de su mano derecha, después habló.

—Es inevitable —dijo—, la seguridad tiene su precio.

Zavala confirmó, obediente.

—Esa noche me trataron como si hubiese sido Severino Di Giovanni.

Vicente Battista

Les hizo gracia. Maderna me dedicó una corta sonrisa. Zavala rió con fuerza.

—¡Severino Di Giovanni! —repitió sin dejar de reír—. Nada de eso, nada de eso, son otros tiempos. Antes se los descubría enseguida; ahora no. Se han infiltrado por todos lados, pueden aparecer en cualquier sitio —hizo una pausa, como quien está por pronunciar una sentencia fundamental, y agregó—: y desde cualquier sitio.

Estiró sus piernas cortas y quiso levantarse de un salto, no lo consiguió. Hizo un nuevo intento, menos pretencioso, y por fin se puso de pie. Fue hasta el escritorio. Del segundo cajón sacó una pila de folletos, los revisó rápidamente y eligió uno. Volvió con ese folleto en la mano, agitándolo a modo de trofeo.

—Fíjese usted —dijo y me lo alcanzó.

Eran apenas cinco páginas impresas. En la primera de ellas leí «Código de Justicia Penal Revolucionario de la BDT Montoneros». Sentí una desagradable sensación, como de vacío, en la boca del estómago.

—¿Qué quiere decir BDT? —pregunté.

—Banda de Delincuentes Terroristas —intervino Maderna—. ¿Comprende ahora? Los que lo pararon la otra noche son una desgracia, pero una desgracia necesaria. Es el único modo de ponerle fin a tanto odio ciego, a tanta violencia descontrolada, a tanto caos generalizado, a tanta indefensión social.

Parecía un comandante arengando a su tropa.

—¿Ellos mismos se llaman banda de delincuentes terroristas? —pregunté mientras señalaba la sigla.

—No, claro que no —dijo Zavala—, está impreso por el Estado Mayor Conjunto. Es material que se le secuestró al enemigo.

—Y es una copia fiel —completó Maderna.

Dije que no lo dudaba y le devolví el folleto a Zavala.

—Téngalo, es para usted —dijo.

—¿Para mí?

—Sí, para que vaya viendo con qué bueyes aramos —dijo Maderna.

—Y vaya comprendiendo por qué hay que cuidarse —agregó Zavala.

Estuve a punto de preguntarles si conocían a Mercedes. Decidí dejar la pregunta de lado, agradecí sus advertencias y prometí leer el folleto. Dije que iba a hablar a Barcelona, que no se preocupasen. Faltaba que nos despidiéramos a los abrazos, como buenos amigos.

Lores y Verges me habían dado un número de teléfono para utilizar en casos de extrema necesidad. Bajar precios y aumentar la participación eran dos casos de extrema necesidad. Fui hasta la cabina de ENTel de Corrientes y Maipú. En la sala de espera había dos mujeres y cuatro hombres. Me senté y los miré a uno por uno; todos me resultaron sospechosos. Zavala y Maderna estaban logrando lo que se habían propuesto, debía controlarme. Iba a ser una simple llamada comercial, incluso podría haberla hecho desde el Sheraton. La operadora me indicó el locutorio cuatro, el tres y el cinco estaban vacíos; me sentí más tranquilo.

Era la primera vez que usaba ese número. Oí una voz de mujer que no tenía acento catalán, parecía canaria o venezolana, y estuve a punto de cortar.

—Es un mensaje para el señor Mateu Verges —dije.

—Usted dirá —dijo la voz de mujer.

Detallé lo que pedían mis compatriotas y dije que necesitaba respuesta rápida, que el concurso de precalificación iba a ser en tres semanas.

—Dígale al señor Verges —concluí— que sé muy bien cuál es el papel que Marcello Di Renzo interpreta en la comedia; dígale que quiero saber si lo van a cambiar en el último acto; ¿lo apuntó?

—Sí, señor —dijo la voz que no era catalana—, ¿también acerca de esto necesita respuesta inmediata? ¿A qué teléfono le llamamos?

Le dije que también de eso necesitaba respuesta inmediata y le di el número del Sheraton. En la sala de espera había caras nuevas, se habían ido las dos mujeres y sólo quedaban dos de los cuatro hombres. Parecían buena gente, esperando su turno para hablar con parientes y amigos.

Quince minutos más tarde estaba en el hotel. No habían preguntado por mí, tampoco me habían llamado. Pedí que llevaran un whisky a mi habitación, cargué la pipa, y busqué el menos incómodo de los sillones. Era hora de pegarle una mirada a ese folleto que me había dado Zavala: un eficaz modo de entretenerme mientras aguardaba la respuesta de Barcelona.

El «Código de Justicia Penal Revolucionario» estaba redactado en el anacrónico y tedioso lenguaje con que se escriben las leyes, se trataba de un suplemento para anexar a cierto «Manual de Organización y Funcionamiento». Eran cinco capítulos que contenían veintiocho artículos. Diecisiete de ellos describían los delitos; los once restantes, las formas en que se penaban. Me llamó la atención el artículo dieciséis, se ocupaba de la infidelidad y parecía copiado de un manual del Opus Dei; postulaba: «Incurren en este delito quienes tengan relaciones sexuales al margen de la pareja constituida, son responsables los dos términos de esa relación aun cuando uno solo de ellos tenga pareja constituida.» Por fortuna, no se penaba con el destierro, la prisión o el fusilamiento, como casi todos las otras infracciones. Los infieles simplemente eran degradados. En los países islámicos me hubiese tocado peor suerte. Oí la campanilla del teléfono y atendí de inmediato. Era la misma mujer con la que había hablado media hora antes. Pidió que le repitiera mi nombre. Lo repetí, como quien dice una contraseña.

—Acepte lo que le propongan —dijo la voz de mujer sin acento catalán y cortó.

XXXI

Una mañana para subir a un coche y largarse por la ruta menos transitada. En innumerables mañanas como esa había imaginado el viaje: las manos aferradas al volante y la vista fija en la carretera, conduciendo sin descanso hasta que el cuerpo reclamara un café, o algo más fuerte. El bar, inevitablemente, estaba a un costado del camino. Allí me detenía. Bajaba, estiraba brazos y piernas y recién en ese instante descubría que la pampa es tan infinita como el mar, aunque muchísimo más aburrida. Algún árbol, inmóvil y perdido, ayudaba a acentuar la soledad. El bar era idéntico a todos los otros bares de la ruta: las mesas manchadas de grasa, dos perros dormitando en un rincón y cientos de moscas revoloteando por cualquier sitio. Buscaba el lugar más apartado y me traían un café. A los parroquianos los descubría después de beber la segunda ginebra. Era un grupo impreciso, que no dejaba de mirarme, como si mi llegada les hubiese justificado su existencia. Yo los ignoraba, pero en lugar de otra ginebra pedía café: había que seguir conduciendo. Me tiré sobre la cama, iba a poner el coche nuevamente en marcha cuando sonó el teléfono. Era Mercedes.

—Estaba a punto de irme —dije.

—¿Adónde? —preguntó.

—Sería largo de explicar.

Hubo un prolongado silencio, como si se hubiera cortado la comunicación.

—¿Estás ahí? —dije.

—Tenemos que vernos —oí.

Más que un pedido parecía una orden.

—¿Cuándo?

—Hoy mismo. En un par de horas —dijo, con voz nerviosa.

Pensé en José Luis Poggi. El esposo por fin la había descubierto, quería saber mi nombre y ella heroicamente se negaba a darlo. De golpe se me ocurrió que junto a Mercedes el viaje sería diferente. Hasta podría ser grato.

—Vení con el coche —dije—, elegimos una ruta poco transitada y nos largamos por ahí.

—Por Dios, no me digas que estás borracho a las diez de la mañana.

Jamás haría el viaje con Mercedes.

—¿Qué pasó con Poggi? —pregunté.

—¿Poggi? ¿Qué tiene que ver José Luis en esto?

Le recordé que José Luis Poggi era su marido.

—Los maridos son los últimos en enterarse —dije—, pero al final se enteran; lo sé por experiencia.

—¿De amante? —preguntó.

—De marido —respondí.

Aseguró que no había ningún problema, que dejara de inventar telenovelas. Simplemente quería verme. Describió cierto bar, muy pequeño, que estaba a dos cuadras del hotel. No sabía cómo se llamaba, pero si seguía sus instrucciones no me podía perder.

—Nos vemos allí, a las doce —dijo y cortó.

¿Por qué seguía complicándome con esta mujer? Jordi tal vez le encontraba una razón lógica, pero Jordi estaba a miles de kilómetros. Mercedes, por el contrario, en un par de horas estaría a sólo doscientos metros. Cortísima distancia que yo iba a recorrer cumpliendo con el itinerario que ella me había marcado. Entraría en el bar y durante un buen rato tendría que soportar el capítulo «Elogios a José Luis». La oiría sin preocuparme más de la cuenta; después de todo, no está mal que una esposa hable maravillas de su marido; no son tantas las esposas que lo hacen.

En el bar había sólo dos mesas ocupadas. Me senté y pedí un café. El mozo lo trajo y sin decir palabra regresó al mostrador. Era su puesto de vigilia, desde allí miraba la calle. Al fondo, en la otra punta del mostrador, estaba el dueño; él también miraba la calle. Un ventilador de techo intentaba en vano airear el ambiente. No era el mejor sitio para soportar un mediodía de octubre, de veintisiete grados a la sombra.

El mozo acomodó la campana de vidrio que protegía a los sandwiches de miga, espantó algunas moscas rebeldes y a paso lento caminó hacia el fondo. El mozo y el dueño comenzaron a hablar, ambos con la mirada fija en la puerta. Miré el reloj: las doce y media. Mercedes llevaba un retraso de casi treinta minutos. Recogí un diario que habían abandonado en la mesa vecina y me detuve en un título de la tercera página: «Pareja de delincuentes terroristas abatida durante un operativo militar», anunciaba con grandes letras. Pensé en Mercedes y en Poggi. El episodio había sucedido dos días antes, en Córdoba. Levanté la mirada del diario y como por arte de magia la vi, venía hacia mi mesa.

—Casi treinta minutos —dije—, comenzaba a preocuparme.

—No soportás esperar.

—No en un país que está en guerra.

Le mostré la noticia del diario. La leyó sin hacer ni un mínimo gesto, después llamó al mozo.

—Quedate tranquilo, no tengo nada que ver.

Iba a decir algo, pero en ese momento llegó el mozo. Mercedes pidió una Coca Cola bien fría; yo un gin-tonic, con mucho hielo y limón. El mozo hizo el pedido y fue hacia el mostrador.

—Tiene pies planos. Ese hombre tiene pies planos.

Mercedes señaló el diario.

—Una vez leí acerca de la cantidad de kilómetros que

caminan los mozos por día. Pobre tipo, encima con pies planos.

Busqué la pipa y el tabaco.

—¿Y tu marido? —pregunté.

—¿Mi marido?

—Sí, Poggi. Tal vez Poggi tenga algo que ver.

—¿Tanto te importa lo que haga José Luis? —dijo.

—No me interesa lo que hagan vos, José Luis Poggi y el resto de tus amigos. Sólo quiero que no tomen por sorpresa. Aquí pasa como en las viejas películas del Oeste: primero disparan y después preguntan. Y, por lo que veo, no te dejan en condiciones de dar respuesta: los muertos no hablan.

Me dediqué a encender la pipa. Mercedes bebió lo que quedaba de Coca Cola. Lentamente, con la paciencia de un viejo predicador, me habló de Perón y Eva, de la paz y de la justicia social. Dijo que cada hombre peleaba desde el puesto que le había tocado, y con las armas que tuviera a su alcance.

—Emocionante —dije—, pero no me compliques.

—No tengas miedo, no te vamos a complicar.

Me acarició la mano. El mozo había vuelto al mostrador y hablaba otra vez con el dueño, pero ya no miraban hacia la calle; nos miraban a nosotros. Para ellos seríamos una pareja que se estaba confiando pequeños secretos en voz baja, y en el fondo algo de eso había. Mercedes terminaba de revelarme el suyo y yo tenía la obligación de guardarlo. No era la única confidencia que iba hacerme ese día. Una hora más tarde, en un hotel de la calle Tres Sargentos, supe que nuestro encuentro en el Sheraton no había sido casual. La habían enviado para que averigüase en qué andaba yo.

—Estás limpio, pese a la gente con la que te juntás —dijo, desnuda sobre la cama, mientras encendía un cigarrillo.

Pocas veces me había sentido tan idiota.

—¿Y aquella tarde en Urquiza? —pregunté.

—Era un simple trabajo de inteligencia —dijo—, y pensé que me podías acompañar.

—Después fuimos a un hotel, ¿también fue un trabajo de inteligencia?

Se echó a reír.

—No. Aquello fue por decisión propia —se abrazó a mí y comenzó a besarme—. Y no estoy arrepentida.

Parecía sincera, eso era lo que más me preocupaba. La aparté con suavidad y apoyé mi espalda en el respaldo de la cama. Ella se acostó boca arriba y puso sus brazos detrás de la cabeza, a modo de almohada. Habrá clavado la mirada en el techo: desde mi posición podía verle el cuerpo, pero no la cara.

—Te oigo —murmuró.

Tenía que hablar, un whisky hubiese venido de maravilla.

—Sin entrar en mayores detalles —dije—, convengamos en que casi no tengo con qué seducirte: no comulgo con tu ideología y mucho menos con sus métodos. No creo en Dios y tampoco en el hombre nuevo. En Dios, por un problema de fe; en el hombre nuevo por el elemental problema de vivir todos los días. Desde Diógenes hasta Discépolo lo vienen buscando, y no hay caso.

Mercedes giró en la cama, con la evidente intención de interrumpirme.

—Esperá, no terminé. Podés hablarme del Che, y es cierto: fue un gran tipo, por lo menos él se la jugó. No se puede decir lo mismo de Perón.

—José Luis se la juega todos los días —dijo Mercedes casi para sí.

—Y vos también, y tantos otros. Digamos que merecen todo mi respeto. Sucede que también respeto a los trapecistas y a los alpinistas, y no por eso intento el triple salto mortal o me largo a escalar el Everest.

—Decidamente, sos un cínico.

—Lo soy. ¿Por qué razón entonces estamos aquí? Como te dije antes, no tengo con qué seducirte.

Se arrodilló sobre la cama y comenzó a mirarme, a recorrer mi cuerpo con su mirada. Recordé que yo también estaba desnudo e hice el ademán de cubrirme.

—Lo tuyo es terrible —dijo—, necesitás una respuesta para todo. «Lo importante no es pensar mucho sino amar mucho», ¿sabés quién lo dijo?

—Fanny Hill.

—No, Santa Teresa de Avila —susurró.

La atraje a mi lado. Nos abrazamos.

—Todavía no me dijiste por qué estamos aquí.

—Porque la paso bien, pese a que sos un mal tipo, la paso bien.

Le creí, qué otro remedio me quedaba.

XXXII

Era la noticia más importante, ocupaba casi toda la primera plana. «Fueron asesinados tres empresarios», decía el título a lo ancho de la página. El gerente de relaciones industriales de una compañía petrolera había caído en la puerta de su casa; el jefe de control de calidad de una fábrica de cerámicas mientras corría por los bosques de Palermo, y el director de comunicaciones de una empresa textil a la salida de su trabajo. Junto a las fotos de la víctimas, *La Nación* reproducía un parte de guerra escrito a mano. Era de los montoneros, se hacían responsables de esas muertes. Los habían ejecutado por «colaborar con el ejército gorila y por ser títeres de la dictadura». Ser empresario se había convertido en una profesión de alto riesgo. Dos semanas antes había encontrado mi nombre en los avisos fúnebres. Tal vez se tratase de un presagio. Pensé en las relaciones peligrosas y pensé en Mercedes. Decidí llamar a Zavala. Tardaron en atender. Por un instante se me ocurrió que él era la cuarta víctima. Iba a colgar cuando oí su voz. Pidió disculpas por la demora, dijo algo acerca de Elvira que no alcancé a oír. Le pregunté si había leído los diarios. Me contestó con un «Sí» lacónico. Convinimos en vernos a la tarde de ese mismo día.

Fue el propio Zavala quien abrió la puerta, estaba en mangas de camisa y con la corbata suelta. No me pareció prudente preguntarle por Elvira. Lo seguí en silencio.

—Estoy con el ingeniero —me advirtió antes de que entrásemos en su despacho.

Maderna también se había quitado el saco y aflojado la corbata. Sobre el escritorio había más papeles y carpetas que en otras oportunidades. Por el aspecto que tenían hacía mucho que estaban trabajando y no se podía decir que estuviesen de excelente humor.

—Las cosas se complican —dijo Zavala.

Maderna había ido hasta la ventana. Estaba de espaldas a nosotros, con las manos apoyadas en la cintura. Habló sin dejar de mirar a la calle.

—No es tan grave —dijo.

Para mí, que liquidaran a tres tipos en plena calle y a la luz del día seguía siendo algo serio.

—¿Por qué dice que no es tan grave? —pregunté.

—No son una competencia real. Es lo que estuve tratando de explicarle a Zavala.

Miré al gordo, buscando ayuda; cada vez entendía menos.

—Insisto, Eduardo —dijo Zavala—, llegado el caso pueden ser una competencia peligrosa.

Supuse que se burlaban de mí. No había ningún motivo para burlarse.

—Vamos a ver —dije—, hace unas horas se limpiaron a tres empresarios. Esos crímenes a ustedes no parecen preocuparles más de la cuenta. Los ven como un simple conflicto de competencias.

Zavala puso su mejor cara de sorpresa. Maderna vino hacia nosotros.

—Nada de eso, amigo —dijo—. Nos preocupa mucho que hayan asesinado a esa pobre gente —hizo una pausa corta y agregó—: pero estábamos hablando de otra cosa.

—Hablábamos de un consorcio vasco que se presentó al concurso de precalificación —intervino Zavala—. Yo digo que puede convertirse en una competencia fuerte y el amigo Maderna asegura que no.

¿Los vascos también habrían elegido un hombre de paja argentino?

—Tienen mucho prestigio y se dice que buenos precios —continuó Zavala y con una seña invitó a que nos sentáramos—. Esa gente de Bilbao tienen muy buenos precios.

—¿Cómo lo sabe?

—Aquí todo se sabe.

Lo dijo en el tono de quien conoce la verdad completa, pero, por cortesía o por razones más oscuras, sólo revela una pequeña parte.

—¿Qué quiere decir con eso?

—Simplemente, lo que dije: tienen muy buenos precios.

Ese no era el problema. Los funcionarios representados por Zavala y por Maderna estaban en condiciones de sabotear cualquier oferta, por muy buena que fuese. Para eso habíamos depositado un dinero en Ginebra y por algo estaba yo en Buenos Aires.

—Tienen padrinos fuertes —dijo Maderna.

—Vienen con una buena oferta; eso es todo —dijo Zavala.

—No es así. Los precios no importan. Llegado el caso, nosotros podemos conseguir mejores.

—No será tan fácil.

Supuse que habían montado ese show exclusivamente para mí, con el único propósito de convencerme de algo. Fue una presunción errada. Era una pelea real. Maderna continuaba defendiendo la totalidad del proyecto, incluido los precios. Zavala, por el contrario, había adoptado una actitud moderada hacia sus rivales del País Vasco.

—Te has encaprichado, Eduardo, no querés entenderlo. Todo el trabajo de hoy —dijo Zavala y señaló el escritorio— fue al divino botón.

—El trabajo de hoy fue para convencerme de que me bajase del caballo —dijo Maderna—, y no me pienso bajar.

Pese a la afirmación, había perdido poder sobre Zavala.

—Eduardo, ¿qué va a pensar el amigo? —dijo y me señaló.

Yo no sabía qué pensar, pero intuía que el negocio se me estaba yendo de las manos. Tampoco me iba a bajar del caballo. No había venido a la Argentina en viaje de turismo y no tenía ganas de perder lo que había ganado después de tanto sacrificio.

—Creo que no hay que exagerar —dije—. La gente de Barcelona está dispuesta a modificar los precios, las comisiones e incluso los porcentajes.

Había jugado mi mejor carta. Esperaba respuesta.

—No se trata de eso —dijo Zavala—. Es otra cosa.

—¿Qué otra cosa?

—La armada. Un grupo de marinos con poder real, y Fernandito está con ellos —dijo Maderna.

—¿Fernandito? —pregunté.

—Fernando Latorre, el doctor Latorre: nuestro contacto en la Municipalidad —completó Maderna.

—¡Estás meando fuera del tarro! —se indignó Zavala.

Maderna se puso de pie. En lugar de ir a golpear al gordo, como yo había imaginado, caminó hacia la ventana; cuando llegó dijo:

—Tal vez tengas razón, pero creo que no debemos aflojar.

—No vamos a aflojar —dijo Zavala, se levantó y fue hasta donde estaba Maderna, le palmeó la espalda—. Tranquilo, Eduardo, no vamos a aflojar.

Aproveché la escena, casi de ópera, para anotar el nombre de Fernando Latorre. Maderna y Zavala volvieron a los sillones. Habían hecho las paces.

—Una simple discusión entre amigos —dijo Zavala—, no se preocupe.

—No me preocupo.

—Sin embargo, tiene cara de preocupado —dijo Maderna—. Los vascos no son rivales.

—No pensaba en los vascos. ¿Por qué se cargaron a esos tres empresarios?

Zavala se puso nuevamente de pie y fue hasta su escritorio. Desde allí habló, como quien se dirige a la multitud.

—Son los últimos manotazos de la bestia terrorista —dijo—. La hemos acorralado y está dando sus últimos y desesperados manotazos.

—Que podría recibir cualquiera de nosotros —arriesgué, a medio tono.

Zavala y Maderna se miraron, como si recién en ese instante descubrieran esa posibilidad.

—Sí, cualquiera de nosotros —confirmó Maderna, con voz marcial—, son las reglas del juego.

Aquella tarde creí que sólo se trataba de una frase adecuada para la ocasión. Unos días después iba a descubrir su verdadero sentido.

XXXIII

No CANTO BAJO la ducha. La soledad del cuarto de baño, el vaho y la humedad no despiertan mi vena lírica, pero me ayudan a pensar. Esa mañana, mientras me enjabonaba la cabeza pensé en Mercedes, en el prolongado silencio de Mercedes: tres días sin noticias. No es que me desvelase, pero la esposa del doctor José Luis Poggi ya era un personaje en esta historia; el personaje con quien mejor lo pasaba.

No podía decir lo mismo de Zavala. El gordo se mostraba algo esquivo. Había llamado sólo una vez para decirme que nuestra empresa había sido seleccionada en el concurso de precalificación y que me quedase tranquilo, que la competencia vasca no debía preocuparnos. Repitió que eran falsos temores de Maderna, «cuando al ingeniero se le pone algo en la cabeza no hay quién se lo saque», y aseguró que nuestros precios continuaban siendo competitivos. Dijo que fuera preparando una botella de Dom Perignon para celebrar el triunfo, pero no lo dijo en el tono jubiloso que se utiliza para dar las buenas nuevas.

El teléfono sonó cuando comenzaba a secarme. Levanté el tubo seguro de que iba a oír la voz de Mercedes. Era Jordi, con las últimas noticias. Supe que Montse se había complicado en cierto rollo de pensamiento místico y que pensaba irse a la India, en una suerte de peregrinación a las fuentes. Me preguntó cómo estaba yo.

—Húmedo —dije—, acabo de darme un baño.

—Más allá de tu higiene diaria, ¿cómo estás?

Reconocí que no me podía quejar y le hablé de Mercedes, de la que tampoco podía quejarme.

—«Lo importante no es pensar mucho sino amar mucho» —dije—, es su frasecita de cabecera; ¿sabés a quién pertenece?

—A Santa Teresa —dijo—. ¿Conoces la Mantis Religiosa?

Supuse que con semejante nombre no podía ser otra cosa que alguna reciente secta mística establecida en Barcelona. Le pregunté si Montse tenía algo que ver con eso.

—Mantis Religiosa —explicó— es un insecto depredador, de la familia de los mántidos, cuya ávida hembra devora hasta ocho machos después de la cópula. ¿Sabes con qué nombre se lo conoce a ese simpático bichito?

—Mamboretá. O Tata Dios. Acá se le dice Mamboretá o Tata Dios.

—Aquí le decimos Santateresa; cuídate muchacho.

Mercedes devorándome. Era el mejor chiste de la mañana. Prometí que me iba a cuidar y le pregunté si había vuelto a ver a Marcello Di Renzo y si sabía algo de Lores o de Verges. No había visto a Di Renzo, tampoco tenía noticias de los otros dos. Le conté que los había llamado a Barcelona, para bajar los precios y subir la comisión.

—Aceptaron todo sin chistar, eso es lo que más me intriga —concluí.

—No debe intrigarte. La ganancia del negocio no está en los precios, y mucho menos en las comisiones.

—¿Dónde está? —pregunté.

—Por ahora son meras conjeturas. En una semana, en diez días a lo sumo, lo sabré con seguridad. Mientras tanto: cuídate de la Santateresa.

Le agradecí el consejo. No había comenzado a vestirme cuando el teléfono sonó de nuevo. Esta vez sí era Mercedes. Estuve a punto de contarle cómo le decían al Mamboretá en España, pero opté por callarme. Ella no se tomó

el trabajo de explicar la razón de su silencio, yo tampoco
se la pregunté. Le propuse que nos viéramos ese mismo
día, a las siete. Me describió cierto bar en San Telmo, dijo
que servían una cerveza de primera acompañada de unos
maníes casi tan buenos como la cerveza. Nuevamente repitió que no me podía perder. No me perdí: la formidable
cantidad de cáscaras de maníes desparramadas en el piso
indicaron que había arribado al lugar exacto. Ella no estaba. Busqué una mesa apartada y me dediqué a mirar a los
parroquianos. Me entretuve con cuatro hombres y una mujer que ocupaban una esquina del mostrador. Los hombres
discutían algo (no pude oír qué), la mujer los miraba en silencio; se diría que aburrida. Una vez más me pregunté
qué diablos estaba haciendo ahí: era la pregunta que inexo-
rablemente me hacía cada vez que iba a encontrarme con
Mercedes.

La vi entrar. Llegó después de esquivar algunas mesas y
pisar una buena cantidad de cáscaras de maní. Me dio un
beso y se sentó.

—¿Te gusta? —dijo.

—¿Qué?

—Esto. Este bar.

—Simpático —dije, aunque me parecía insoportable.

Pidió un chopp, yo pedí otro. Entre el pedido y el momento en que lo trajeron pasaron más de diez minutos. Durante ese tiempo me contó que gracias a las gestiones de
Poggi siete presos políticos habían recuperado la libertad.
La oportuna llegada de los chopps, junto al inevitable plato
colmado de maníes, obviaron mi comentario. Mercedes bebió un largo trago.

—Tenía sed —dijo.

Un bigote de espuma de cerveza le quedó sobre el labio.
Le daba cierto aspecto bufonesco. Sentí ganas de besarla y
se lo dije.

—Tengo ganas de besarte —le dije.

Con la punta del dedo índice de su mano derecha recogió los restos de espuma; después llevó el dedo hasta mi boca y por un instante lo puso entre mis labios.

—Vamos a caminar —dijo y se puso de pie—, quiero caminar.

Pensé que iríamos derecho al hotel más cercano. Me equivoqué. Realmente quería caminar. Anduvimos a paso tranquilo, como una pareja sin preocupaciones paseando por las calles de San Telmo. Sin embargo, Mercedes parecía preocupada.

—¿Qué te pasa? —pregunté.

—Nada, no me pasa nada.

Habíamos llegado al Parque Lezama. Señalé la enorme fuente seca.

—Antes estaba llena de agua —dije—, yo venía con un amigo. Mi amigo era hijo de un carpintero, el padre le había hecho un barquito a escala, y lo hacíamos navegar en esa fuente.

Mis recuerdos de niñez no la perturbaron en absoluto.

—Mi antigua vida no te interesa —bromeé.

—Sí, me interesa. Pero más me interesa tu nueva vida.

—Poco me queda por contarte. En Barcelona...

—Tu vida de ahora, aquí —me interrumpió—. Las autopistas. ¿Por qué te complicás en esos negocios?

Tenía infinidad de excusas para darle. Decidí ser sincero.

—Por dinero —dije.

Se detuvo de golpe y me miró. No puedo decir que me mirase con cariño.

—No tenés remedio —dijo.

Concedí que no tenía remedio y me propuse hablar de otra cosa. Debía recuperar a la mujer que un rato antes tenía un bigote de espuma sobre el labio.

—Te voy a confiar un secreto —dije—: aquí mismo, seguramente en este mismo banco y sin duda bajo este mismo árbol, di mi primer beso.

Era una evidente mentira, pero produjo el efecto que buscaba.

—No tenés remedio —repitió, en otro tono de voz.

—Ella se llamaba Mumi. Le decían Mumi, y yo tenía pantalones cortos.

Me senté, le tomé las manos y la obligué a sentarse. Fue un beso irreprochable, tal vez lo único cierto de esa tarde.

—No termino de entender qué hago con vos —dijo Mercedes e intentó ponerse de pie. La retuve.

—Yo tampoco —dije y volví a besarla.

Por un rato estuvimos en silencio. Yo había pasado mi brazo derecho por sobre el hombro de ella. Ella apoyó su cabeza en mi hombro. Tal vez no era el mejor momento para hacer la pregunta, pero la venía guardando desde que Zavala me había dado el folleto.

—¿Por qué corrés este riesgo? —pregunté.

Se soltó.

—¿Qué riesgo?

—El de estar acá, conmigo.

—No empieces otra vez, ya te dije que José Luis...

—No hablo de tu marido —la interrumpí—. Hablo de ciertas leyes montoneras que castigan duramente la infidelidad.

—¿De dónde sacaste eso?

—Lo leí.

Me miró. En su rostro no había el mínimo gesto de sorpresa.

—¿Dónde lo conseguiste?

Le dije que lo entregaban en el hotel, junto con las instrucciones de cómo utilizar la caja de valores y hacer llamadas al exterior.

—¿Dónde lo conseguiste? —insistió.

—¿Qué importancia tiene dónde lo conseguí? Si es cierto que el tribunal revolucionario te puede degradar, la tragedia de Tristán e Isolda sería un poroto comparada con lo nuestro. Pavada de prueba de amor —le di un suave beso en los labios—, te lo agradezco.

Esperaba cualquier reacción de Mercedes, menos la que tuvo. Me devolvió el beso y dijo:

—Tal vez en lugar de degradarme, me condecoren. Tal vez yo sólo sea un cuadro que está cumpliendo órdenes.

La aparté.

—Tranquila —dije—. Lo mío era un chiste.

—Lo mío también —dijo y volvió a besarme.

XXXIV

EL MENSAJE DE ELVIRA Voz-de-Susurro había sido terminante: «Venga cuanto antes». Ni siquiera la dulzura de su voz le quitó contundencia al pedido. Le aseguré que iría de inmediato y salí a la calle pensando que el teléfono se había convertido en uno de los elementos esenciales de esta crónica. Las historias que sucedían antes de que Graham Bell inventara su célebre aparatito tenían otro ritmo, se medían con otros tiempos. El corregidor don Diego de Zama debía aguardar meses para recibir noticias de España; yo, en cambio, me conectaba con Jordi en menos de diez minutos. La adúltera Ana Karenina se veía obligada a recurrir a la prudencia y a la fidelidad de sus sirvientes para enviarle mensajes al conde Wronsky; Mercedes, por el contrario, con sólo discar los números del Sheraton se comunicaba conmigo. Le agradecí el invento al señor Bell y miré el reloj: estaba citado con Mercedes a las siete, tenía tiempo de pasar por la oficina de Zavala y de averiguar por qué necesitaba hablarme con tanta urgencia.

Elvira abrió la puerta. Tenía los ojos enrojecidos.

—Pase —dijo.

—¿Qué sucede? —pregunté.

Bajó la cabeza y se persignó.

—El señor Zavala se lo contará —dijo y abrió la puerta del despacho.

El gordo no parecía haber llorado, pero la piel de su

rostro se veía más blanca y fláccida que de costumbre. Se acercó a recibirme.

—¿Algo grave? —pregunté.

—Muy grave —dijo—. Maderna, el ingeniero Maderna, sufrió un ataque.

Lo imaginé en la sala de terapia intensiva.

—¿El corazón, era hipertenso? —pregunté.

Zavala sacudió la cabeza.

—Un atentado —dijo—. Lo acribillaron en su propio coche. Parece que fueron dos hombres en una moto, aprovecharon que el semáforo estaba en rojo, se pusieron al lado del auto y el que iba atrás le disparó sin asco. Murió en el acto. Los hijos de puta desaparecieron en un segundo, nadie los paró, nadie vio nada.

—No entiendo —dije.

—Fueron ellos. ERP o montoneros, qué importa.

—¿Tenían algo contra él?

—Esos guachos siempre tienen algo contra nosotros.

No supe qué decir, por lo que decidí hacer un gesto adecuado a las circunstancias.

—Una pérdida irreparable —agregó Zavala.

—Sin duda —dije.

Era tiempo de preguntar por lo que de verdad me inquietaba.

—¿No habrá sido por el negocio de las autopistas? —pregunté.

—El proyecto de las autopistas —corrigió Zavala—. No, no creo.

Me sentí algo más tranquilo, duró poco.

—Sé que no es el momento —dijo el gordo—, pero acerca de eso quería hablarle: su propuesta se debilita.

—¿Se debilita?

—Los precios, las comisiones, los puntos. La oferta de los vascos no tiene competencia. Para colmo, la muerte de Maderna —hizo una pausa—. El podría haber sacado esto adelante. Estaba tan ilusionado y mire cómo terminó. Le juro que me dan ganas de abandonar todo.

Aunque Zavala era un pésimo actor, estuve a punto de aplaudir. Decidí representar mi papel.

—No se me caiga ahora, amigo. Los precios, las comisiones y los puntos son negociables.

—No es sólo eso —dijo—. Desgraciadamente, no es sólo eso.

—¿Qué otra cosa hay?

—Están muy bien palanqueados. No puedo hablar. Por favor, no me haga hablar. Simplemente sepa que están muy bien palanqueados, va a ser casi imposible moverlos.

—¿Qué podemos hacer? —pregunté.

—No sé. Esperar.

—No hay mucho tiempo, sólo nos quedan dos semanas para presentar las ofertas.

—No hablo de este proyecto. Cuando digo esperar me refiero a futuras obras. Tenga en cuenta que se piensan hacer más autopistas y que se van a realizar otras obras que necesitarán empresas como la que usted representa.

El gordo miserable daba un elegante paso al costado y me tiraba al tacho de la basura. Lo miré por unos segundos, en lugar de aplaudir tuve ganas de golpearlo. No iba a conseguir nada con eso. Por otra parte, estábamos de duelo.

—Es usted muy generoso —dije—. Tal vez tenga razón. Le propongo que hablemos de esto en un par de días. Tengo que informarle a mi gente en Barcelona y ahora, de verdad, no estoy en condiciones. Por lo de Maderna, sabe. Lo traté poco, pero se notaba que era un hombre de bien. La historia argentina está construida por mártires como Maderna.

Ahora era yo quien merecía los aplausos. Zavala asintió.

—Lo velan en Belgrano —dijo—. Si quiere le doy la dirección, aunque no considero conveniente que se deje ver por allí.

—Lo que usted diga —dije y me puse de pie.

Zavala hizo lo mismo. Había adoptado una mirada grave y un gesto entre serio y compungido. Se acercó hacia donde estaba yo. Pensé que me iba a abrazar. Por suerte, sólo extendió su mano. Se la estreché con fuerza.

—Hablaremos en dos o tres días —dijo y me acompañó hasta la puerta.

Elvira estaba ordenando unos papeles desparramados sobre el escritorio, me habrá oído pasar, pero no levantó la cabeza. La saludé con un gruñido y respondió de la misma forma.

A lo largo del viaje en ascensor pensé que Zavala de verdad se había abierto del negocio. Un par de razones contundentes avalaban esa decisión: él trabajaba para gente del ejército y cierto pesado sector de la marina había tomado cartas en el asunto; y lo que era más importante: no quería terminar como Maderna, detenido para siempre en un semáforo rojo. Cuando llegué a la puerta de calle decidí que no debía pensar tonterías: el gordo era muy ladino, no iba a abandonar semejante negocio con tanta facilidad. Si no podés vencer a tu enemigo, hacete socio de él. El astuto Zavala le hacía un formidable corte de manga a los soldados y comenzaba a revistar en la marina: de general a almirante. El único obstáculo era Maderna, pero al ingeniero se lo había cargado la guerrilla. Conmigo no había problema, simplemente me pateaba a un costado. El gordo estaba seguro de que yo no iba a publicar una solicitada en *La Nación* ni me iba parar en la puerta del edificio Libertad para denunciar que el señor Néstor Zavala los estaba traicionando. Tal vez Mercedes podía aclararme algo acerca de la muerte de Maderna. En una hora debía encontrarme con ella.

XXXV

No ESTABA en su mejor día: el pelo aplastado, los ojos opacos y una expresión entre amarga y triste en la boca. Le echó la culpa a una noche de insomnio, pero a simple vista se advertía que esa mueca era producto de algo más grave que la falta de sueño. Miró el reloj de la pared del bar y lo cotejó con el que llevaba en su muñeca. Dijo que tenía poco tiempo. Decidí ir al grano.

—¿Qué sabés de Eduardo Maderna? —pregunté.

Encendió un cigarrillo. Dio una pitada larga, después lo depositó en el cenicero y fijó su atención en observar cómo la brasa consumía el papel y el tabaco. Yo iba a repetir la pregunta, pero no fue necesario.

—¿Maderna? —dijo por fin—. Un hijo de puta vinculado a ciertos cuadros del ejército.

No recordaba que alguna vez me había hablado del ingeniero, tampoco sabía que esa mañana lo habían limpiado. La noticia no habría aparecido en los diarios de la tarde, o tal vez sólo era parte de un juego siniestro: mientras Maderna descansaba en las sierras de Córdoba, Zavala me vendía una muerte que jamás se había producido. Un modo de meterme miedo y sacarme del medio. Era tiempo de poner al gordo en escena.

—¿Qué sabés de Néstor Zavala? —pregunté.

Nunca antes se lo había nombrado. Mercedes aplastó el cigarrillo, casi los destrozó en el cenicero, volvió a mirar la hora y a buscar algo en su cartera; después dijo:

—¿Néstor Zavala? ¿Quién es? —como por arte de magia un nuevo cigarrillo apareció en sus labios; al mismo tiempo que lo encendía miró por tercera vez la hora.

Le aconsejé que no fumara tanto y me puse de pie.

—Veo que se te hace tarde —dije.

Ella no se movió.

—¿Por qué me preguntaste por Maderna y por ese tal Zavala?

Volví a sentarme.

—Zavala. Néstor Zavala —dije—. Lo mataron.

—Mataron a Zavala, ¿y yo que tengo que ver con eso?

—Mataron a Maderna. Zavala me dio la noticia. Cree que fueron dos tipos en una moto. Montoneros.

Dejé caer la frase y me quedé en silencio, aguardando su reacción. No dijo nada. En su rostro no se registró el mínimo gesto.

—¿Por qué lo mataron? —pregunté.

Mercedes dio otro par de pitadas y tiró el cigarrillo al piso.

—Los montos no tuvieron nada que ver con esa ejecución.

—¿Cómo lo sabés?

—Porque lo sé, y dejá de interrogarme. En este momento me preocupan cosas mucho más graves que la muerte de ese hijo de puta.

Se mordió los labios, estaba a punto de llorar. Le pregunté qué podía hacer por ella y me pidió que la acompañara a tomar un coche. Se puso de pie. No quedaba ni la mínima pizca de su impertinente arrogancia: sólo era una mujer frágil, indefensa, que se derrumbaría en cualquier momento.

—¿Qué te pasa? —pregunté.

—Nada, no me pasa nada —dijo.

Pensé que esa era definitivamente la última vez que la vería, pero no hice nada por detenerla.

Llegué al Sheraton a las ocho de la noche. Pasé por el bar, sirvió de poco: en esta oportunidad los whiskies no lograron suprimir la imagen de Mercedes. Me había estado esperando con sus cigarrillos y su amargura, acaso dispuesta a contarme la verdadera historia. A mí en ese momento sólo me interesaban el asesinato de Maderna y el modo en que Zavala estaba moviendo las piezas. No la supe oír, me suele pasar: soy un ser humano. Subí a mi habitación, colgué el cartel «Do not disturb» en la manija de la puerta y me quité la ropa a manotazos. Pude ver mi cuerpo reflejado en el espejo del placard, tampoco yo estaba en mi mejor día. Busqué la cama casi a tientas pero no me dormí hasta mucho más tarde.

Tuve un sueño. Era en la casa de mis padres, en el jardín del fondo. Sobre una de las ramas de la higuera hay una rata que de pronto salta, aunque más que saltar vuela, hasta una de las ramas de la camelia. La rata no tiene ese aspecto asqueroso que suelen tener las ratas. Yo voy a entrar en el jardín y de golpe descubro a otra rata. «Hay muchas», le digo a mi padre, que está ahí, al costado. «Dejalas vivir», dice mi padre. De pronto aparece un gato. Veo que las ratas se quedan petrificadas, imagino que de terror. El gato se acerca, pienso que ahora las va a matar. Sin embargo, en lugar de tirar el zarpazo comienza a acariciarlas con la lengua, dulcemente, como curándole heridas que yo no alcanzo a ver. «No las mata, papá», le digo a mi padre, pero mi padre ya no está.

Esto al menos es lo que pude recordar cuando me desperté a la mañana siguiente. La ducha fría me puso otra vez en condiciones. Estaba pensando en un desayuno abundante cuando sonó el teléfono. Era Mercedes. Propuso que nos encontrásemos esa misma tarde, en el bosque de Palermo. Le pregunté dónde.

—En el Hostal del Ciervo —dijo—, frente a los lagos. Voy a estar afuera, en el patio andaluz.

Los bosques de Palermo, los lagos, el Hostal del Ciervo, era casi como volver a la prehistoria, como tomar un copetín en la Richmond de Florida. Antes de que se lo preguntase, me dijo que se sentía mejor, que me esperaba a las cinco de la tarde, que fuera puntual.

Leí el diario mientras desayunaba. El asesinato de Maderna ocupaba casi media página. El crimen se lo atribuían a «elementos pertenecientes a la banda de delincuentes subversivos marxistas autodenominada Montoneros». El ingeniero Eduardo Maderna, me enteré en ese momento, había militado en la línea nacional, popular y cristiana del peronismo. No lo vinculaban con ninguna rama del ejército, tampoco con el tema de las autopistas; el nombre de Néstor Zavala no aparecía por ningún sitio. Eran las diez de la mañana. Confiaba en que Jordi estuviese en su casa. Tenía mucho que hablar con él, pero no desde los teléfonos del Sheraton.

La oficina de ENTel estaba casi vacía. Le di el número a la operadora y cinco minutos más tarde tuve la comunicación con Barcelona. Jordi se alegró de oír mi voz.

—Te iba a llamar —dijo—. Descubrí cuál es la trampa en el asunto de las autopistas.

Aconsejó que pusiera atención y fue explicando el negocio paso a paso. Al principio pensé que esa trampa sólo estaba en las fantasías de Jordi; pero de golpe descubrí que las piezas encajaban correctamente. Le conté que los montoneros habían matado a Maderna y que Zavala quería abrirse.

—No para dedicarse a la cría de conejos de angora —dije—. Creo que el gordo ha comenzado a revistar en la armada y está a punto de asociarse con los vascos, que los montoneros se hayan cargado a Maderna le vino como anillo al dedo.

—¿Quién te ha dicho que fueron los montoneros?

—Me lo dijo Zavala, y salió en todos los diarios.

—Sólo falta que agregues «en alguien hay que creer».

—¿Quién, entonces? —pregunté.

—No tengo idea, tal vez hasta sea cierto que fueron los montoneros. Pero, por lo que sospecho, Maderna se estaba convirtiendo en una pieza incómoda; no para la guerrilla sino para tus socios. El Caudillo solía recurrir al mismo método cada vez que debía sacarse de encima a un compinche molesto: se lo cargaban en plena calle y lo atribuían a un atentado de la ETA, el GRAP o cualquier otra organización subversiva que se les ocurriera.

Entraba en las leyes de la lógica. Me vi en el interior de un coche, con tres balas en la cabeza.

—También yo les puedo resultar molesto.

Jordi dijo que no debía preocuparme más de la cuenta, que casi nunca se mata a los hombres de paja. Mi autoestima estaba por el piso, pero me sentía muchísimo más tranquilo.

—¿Entonces acepto la promesa de Zavala y quedo esperando futuras obras?

—Entonces no aceptas ninguna promesa. Debes conseguir que ese tío sepa que tú sabes más de lo que él cree que sabes. Y trata de obtener lo mejor para ti; en tanto, que Dios te proteja. No dejes de llamarme.

Corté y salí a la calle. Jordi me había contado dónde estaba la verdadera ganancia en el negocio de las autopistas. «Trata de obtener lo mejor para ti», había dicho. Lo mejor para mí, lo supe desde que pisé Buenos Aires, era volver cuanto antes a las tranquilas aguas del Mediterráneo.

XXXVI

No se había puesto una solera estampada con flores amarillas y rojas ni estaba frente a un refresco de granadina. Bebía cerveza y llevaba una blusa blanca, sin mangas, jeans desteñidos y sandalias de taco bajo, muy gastadas. Alguna vez tendría que preguntarle por qué razón usaba ese tipo de zapatos. Había recogido su pelo, y unas gafas ahumadas, tal vez demasiado grande para su rostro, le ocultaban los ojos. La besé y me senté frente a ella.

—Ni granadina ni solera estampada —dije.

—¿Qué?

—Es la ropa y la bebida que caben para este sitio.

Dijo que nunca había probado el refresco de granadina y no recordaba haber usado soleras. Le expliqué que la granadina era espesa, pegajosa, roja y dulzona, que se ponía un poquito así en un vaso y el resto se llenaba con agua o soda, preferentemente soda. Poco tenía que decir acerca de las soleras. Le pregunté por qué había elegido esa confitería frente a los lagos de Palermo.

—Porque sí —dijo—, ¿tiene que haber una explicación para cada cosa?

—No, pero podrías haber dicho: porque es primavera, o porque soy nostálgica, o porque nunca había venido a un lugar así. Fijate cuántas razones.

—Por ninguna de ellas —dijo.

—¿Por qué entonces?

—Porque sí —repitió.

Aunque algo menos tensa que la tarde anterior, no podría afirmarse que se encontraba en uno de sus días más radiantes.

—Te veo mejor —dije.

Se quitó las gafas: tenía los ojos irritados. No buscó ninguna excusa. Dijo que había llorado, que tenía los ojos hinchados y rojos por todo lo que había llorado.

—Y, por favor, no me preguntés ¿por qué lloraste? —agregó cuando estaba a punto de preguntárselo.

Bebí un trago de cerveza y pacientemente comencé a cargar la pipa.

—Qué raro que nunca hayas usado soleras. En el verano del sesenta no hubo mujer que no las usara. Eran amplias, de tela floreada, de muchos colores.

Mercedes me sacó el encendedor de la mano y prendió un cigarrillo.

—En el verano del sesenta apenas tenía diez años, ¿Desde cuándo te interesa la moda femenina?

—Desde que no puedo preguntarte por qué carajo lloraste —dije.

—O por quién carajo lloré. Vamos —dijo—, quiero caminar un poco.

Casi no había gente por el parque. Mercedes estaba a mi lado, pero parecía navegar a muchos kilómetros de ahí.

—¿Por quién lloraste?

—No lo entenderías —dijo—. O tal vez, sí. Pero de todos modos no puedo contártelo, apenas te conozco.

—Es una ventaja. Tampoco se conoce al confesor o al analista, y a ellos se les cuenta todo.

—Sucede que ni con uno ni con el otro me voy a la cama.

—Bueno, algún privilegio me merezco —dije y dejé de caminar.

Mercedes también se detuvo. En sus labios apareció un gesto que con buena voluntad podría interpretarse como una sonrisa.

—No es el único —dijo.

Me acerqué y le quité las gafas. La atraje hacía mí y la besé. Ella seguía a kilómetros de ahí.

—¿Qué te pasa? —pregunté.

—Estoy harta de muertes —dijo y se echó a llorar.

Para cualquiera que nos viera éramos una pareja en crisis, a punto de separarse: la mujer llorando sin consuelo, el hombre haciendo lo posible por consolarla. Todo indicaba que la decisión había sido del hombre. El llanto de la mujer dejaba en claro que a ella se le hacía difícil aceptar esa realidad. Nunca hay que creer en lo que se ve a simple vista. Sin embargo, había algo de cierto. Aunque ninguno de los dos lo sospechaba, en ese momento Mercedes y yo nos estábamos separando para siempre.

La llevé hasta un banco de madera. Nos sentamos. No soy un experto en llantos y generalmente no sé qué hacer frente a una mujer que llora. Le acaricié las manos y pronuncié algunas de las tonterías que se dicen en esos momentos. No sirvió de nada. Pasé mi brazo por sobre su hombro, la apreté con fuerza. De a poco se fue calmando.

—Se llamaba Juan Martín —dijo, entre sollozos—, su nombre de guerra era Santiago. Lo acusaron de no presentarse a una operación sin motivo que lo justifique.

Hizo una pausa, tal vez esperando que yo dijera algo. Me limité a acariciarle el hombro. Ella era quien necesitaba hablar. Dijo:

—Para ese delito no se aplica la pena de fusilamiento. Sin embargo, el Tribunal Revolucionario tuvo en cuenta otras faltas menores y entendió que el juicio tenía que ser una lección para todos. Afirmaron que no se pueden admitir claudicaciones en momentos como los que se están viviendo. Nos hemos puesto el uniforme y hay que aguantárselo. Yo lo conocía. Juan Martín no se merecía un final así.

Se derrumbó. Aumenté la fuerza del abrazo, era todo lo que podía hacer.

—Tengo ganas de mandar todo a la mierda —dijo.

Aprobé con un minúsculo movimiento de cabeza. Mercedes también movió la cabeza, pero para negar. Noté que se sentía mejor, ya no había lágrimas, ni sollozos entrecortados.

—Hay que seguir —murmuró—, ahora más que nunca. Pero Juan Martín se merecía otro final.

Se puso de pie y comenzó a caminar. Estuve a punto de dejarla ir: tampoco soy un experto en hacerme cargo de mujeres confundidas. Sin embargo, en dos pasos estuve a su lado.

—¿Qué puedo hacer? —dije.

—Nada. Nadie puede hacer nada.

—¿Por qué seguís?

—Por José Luis. Cada vez que estoy en el pozo, él sabe cómo sacarme.

—¿Qué querés hacer? —pregunté y me dispuse a oír cualquier disparate. Para mi sorpresa, las palabras de Mercedes tuvieron una rabiosa coherencia.

—Quiero ir a casa —dijo—, y dormir hasta mañana. Mañana será otro día.

Paró un taxi que venía por Libertador. Dijo que podía llevarme hasta el Sheraton. Le dije que no era necesario. Le di un beso en los labios y me quedé mirando el coche que se alejaba. Vi el rostro de Mercedes, enmarcado en el vidrio trasero, y vi la mano de Mercedes intentando un ademán de saludo. El cine y la literatura habían repetido hasta el cansancio ese gesto de despedida; sentí ganas de reír.

Los días siguientes fueron de puro trabajo. Casi todas las tardes me reuní con Zavala para ajustar precios y ponernos a tono con los que, según decía, iban a presentar los vascos. El gordo tenía la oferta de la competencia minuciosamente detallada. Un par de veces le pregunté de qué modo la había conseguido. «Contactos», se vanaglorió, y repitió que sabía cómo trabajar y, sobre todo, sabía a qué gente tocar.

Le recordé que en Ginebra había un dinero destinado a esa gente. Dijo que ahora las cosas no pasaban por ahí, que el problema era mucho más serio. «Los vascos están muy bien conectados», se lamentó en tono grave, «pero no todo está perdido». El gordo ladino estaba haciendo su propio juego y por alguna razón que yo aún no había logrado entender me seguía necesitando en la pista.

Hubo tardes en que después del encuentro con Zavala volvía a meterme en cualquier cine sin preocuparme mayormente por la película que estaban pasando. Otras veces terminé en un bar desconocido, al que fatalmente creía haber ido en mi adolescencia: el aburrimiento y tres whiskies despiertan insospechadas nostalgias. Por las mañanas dormía. Un miércoles a la tarde decidí recorrer el trazado de la futura autopista que se me estaba yendo de las manos. En el hotel me facilitaron una guía de la ciudad. Subí a un taxi y le fui marcando el itinerario desde San Juan y Azopardo hasta San Pedrito y avenida del Trabajo. En algún momento del recorrido pensé que, efectivamente, esa obra iba a dejar sin vivienda a muchísima gente. No era un problema mío.

Después de una semana sin noticias de Mercedes comencé a preocuparme. No tenía forma de ubicarla. En algún momento pensé en llamar a Pablo Benavides, en la casa de él la había visto por primera vez. Busqué su número de teléfono, pero fue inútil: estaba anotado en el sobre de Montse y el sobre se lo había dejado a él; tampoco lo encontré en la guía. Otra posibilidad era la propia Montse. Podía llamarla a Barcelona. Lo deseché de inmediato: seguramente todavía andaba por algún rincón de la India, detrás de la madre Teresa; uno de las rarezas de mi ex esposa era admirar a las viejitas sacrificadas. Me quedaba una última posibilidad: la casa de Pablo Benavides. Había ido una sola vez y de noche, pero confiaba en poder ubicarla. No fue necesario hacer el viaje. El domingo 23 de octubre encontré a Mercedes: ocupaba dos columnas en la sección policiales de *Clarín*.

«Extraña muerte», decía el título. Una mujer había sido hallada muerta en el interior de un vehículo particular, estacionado en Guanahaní, una calle muy poco transitada del barrio de Barracas. Se estimaba que el deceso, provocado por un arma de grueso calibre, se habría producido a última hora de la tarde del día anterior. El proyectil había entrado a la altura del corazón y aún no se había podido determinar si se trataba de un crimen pasional o de un suicidio. La foto de un cadáver de mujer acompañaba a la noticia. Esa foto, borrosa e indigna, era la última imagen que me quedaba de Mercedes. Era la verdadera despedida y esta vez no daba risa.

XXXVII

No fue por casualidad que llegué a la puerta del geriátrico. Después de leer la noticia decidí salir a caminar sin rumbo fijo. Lo de sin rumbo fijo, lo supe de inmediato, era una simple excusa, un argumento que bien podría utilizar más tarde: cuando contase la historia. Lo cierto es que ese domingo al mediodía, después de leer la noticia, elegí las mismas calles que había elegido otro domingo de un mes y medio antes, y no fue por casualidad.

Me largué a recorrer un laberinto del que, pese a su arquitectura, conocía la salida. Esa circunstancia no modificaba las cosas: por más que se sepa dónde están los recodos imposibles, los ángulos insensatos o los atajos que invariablemente remiten al sitio de partida, todo laberinto mantiene sus leyes profundas, se transita como si fuese la primera vez, con la cautela y la vacilación de la primera vez y con el íntimo convencimiento de que en esta oportunidad no hay Ariadna que te salve. Así caminé hasta que de golpe estuve ante una puerta y una placa de bronce que ya conocía. *Mirasoles / Instituto Geriátrico*, leí. Sólo me faltaba tocar el timbre, y eso era lo más difícil. La celadora de guardapolvo azul abriría la puerta. «Su señora madre se fue», diría antes de que se lo preguntara. «¿Adónde?», querría saber yo. La celadora de guardapolvo azul señalaría hacia el cielo. «Murió, diría». Yo no abriría la boca. «Intentamos avisarle, pero usted no dejó ni dirección ni teléfono, y Buenos Aires es muy grande», explicaría la celadora, y tendría razón: Buenos Aires es un ciudad enorme y yo no había dejado mis datos a nadie, ni siquiera a la prima Hebe. Sólo Mercedes los conocía, y ella también había muerto. No toqué el timbre. Doblé en la primera esquina y salí definitivamente del laberinto.

El Sheraton estaba más convulsionado que de costumbre; en el Salón Aguila, los agentes de seguros celebraban su convención anual; en el Salón Golden Horn, la Iglesia de Jesucristo de los Santos de los Ultimos Días llevaba a cabo un congreso internacional. Unos garantizaban el bienestar económico para los deudos, siempre y cuando el futuro muerto cumpliera religiosamente con las cuotas mensuales; los otros, menos mercantilistas, prometían la ansiada eternidad, pero a cambio de acatar ciertos preceptos en esta vida. No me interesaba ninguna de las dos ofertas. Fui a buscar la llave de mi habitación. Nadie había preguntado por mí. Llamé a Barcelona. Los amigos también están para recibir las malas nuevas. «Murió Mercedes», dije, tratando de quitarle patetismo a la noticia. Fue un esfuerzo innecesario, Jordi no se sorprendió más de la cuenta. Me preguntó cómo había sido.

—Un accidente, a la altura del corazón. La encontraron en el interior de un coche, supongo que era su coche, y fijate qué curioso, estaba estacionado en una calle solitaria del barrio de su niñez.

—Un modo de cerrar el círculo.

—Cerrar un carajo —me indigné—. ¿Qué pensás de esto?

—Cuando una mujer infiel muere violentamente, el primer sospechoso siempre es el marido engañado.

—Creí que ibas a ser un poco más original.

—Siento defraudarte, en estos casos la originalidad no cuenta. Cambian los tiempos, las modas y hasta las ideologías, pero no los sentimientos. Incluso pueden cambiar los métodos: los cornudos de antaño recurrían al hacha o al cuchillo; los contemporáneos prefieren una Browning de 9 milímetros. El arma importa poco; con hacha, cuchillo o pistola, los de ayer como los de hoy consiguen el mismo resultado: el fin de la amada infiel.

No me imaginaba al doctor José Luis Poggi matando a su esposa en una calle solitaria de Barracas. Era más lógico pensar en un ajuste de cuentas: los comandos paramilitares y los parapoliciales seguían trabajando a tiempo completo. Poco importaba quién la había matado. Lo cierto es que Mercedes estaba definitivamente muerta y yo me había quedado sin preguntarle por qué diablos usaba los zapatos tan gastados.

—Puede que tengas razón —reconocí.

Pasé el resto de la tarde en la piscina del hotel. Literalmente sin pensar en nada. Alguna vez había leído que es imposible no pensar en nada. Ese día yo lo hice posible: miraba a los hombres y a las mujeres, y no veía a nadie. Si bien los problemas del mundo nunca me importaron más de la cuenta, esa tarde logré que dejaran de interesarme del todo. Hasta me atreví a dar algunas brazadas. Me sentí un pez. No por mi modo de nadar, que roza lo precario, sino porque tenía la cabeza vacía como sospecho la tendrán los peces. Comprendí que hacer vida sana es terriblemente aburrido. Regresé a mi habitación, pedí un whisky doble y el diario. La sexta edición de *Crónica* no decía una sola palabra del asesinato o del suicidio de Mercedes; había dejado de ser noticia.

Zavala era mi objetivo ese lunes a la mañana. Elvira Voz-de-Susurro lo negó tres veces. El gordo recién apareció en mi cuarta llamada, dijo que entraba en ese momento, que pensaba llamarme, que me esperaba a las once y media. Fui puntual. Noté que la foto de Perón seguía ausente en la pared. Elvira me dijo que se trataba de un retraso involuntario. Pensé que si había tardado diecisiete años en volver a la Argentina, bien podría tardar algunas semanas en regresar a la pared de Zavala. Dije que esperaba verla antes de mi vuelta a España. Aseguró que la iba a ver, y me hizo pasar al despacho de su jefe.

El gordo no derrochaba simpatía. Vino a mi encuentro y señaló algunas hojas desparramadas sobre su escritorio. No pude distinguir qué contenían.

—Por más vueltas que doy, por más cuentas que hago, no consigo cerrar —dijo—. No hay forma de competir con los vascos.

Con gestos que pretendían ser de resignación, le pregunté qué íbamos a hacer.

—Lo que ya le dije. Esperar una oportunidad mejor. No van a faltar oportunidades.

Negué con gestos que pretendían ser de indignación y no pregunté nada.

—Créame, no van a faltar —repitió Zavala.

—No lo dudo —dije—, pero a la gente de Barcelona le interesa ésta. Dígame a quién hay que tocar, puedo pedir una entrevista con ese tal Latorre.

—No, por favor, no busque a nadie. Deje al doctor Latorre en paz. No complique las cosas. Usted sabe que soy el principal interesado en que esto salga bien, pero a veces hay que saber rendirse a las circunstancias.

A toda costa quería que no presentásemos nuestra propuesta. ¿Si la oferta vasca era tan buena por qué esa necesidad de retirar los precios catalanes? No era por una cuestión de tarifas: los números en este negocio pueden corregirse las veces que sean necesarias. Comprendí que el gordo todavía me necesitaba; de otro modo ya me hubiese fletado a España, con afectuosos cariños para sus ex compinches Josep Lores y Andreu Verges.

—No nos rendiremos —dije.

—¿Qué significa?

—Significa que vamos a presentarnos.

Levantó la mano, en un claro gesto de aprobación.

—Así me gusta, admiro a la gente con empuje. Tenemos tiempo hasta el viernes para ajustar los últimos detalles.

Me desconcertó ese cambio repentino. No podía atribuirlo a mi poder de persuasión porque jamás lo tuve. Zavala estaba proponiendo una tregua y no me quedaba más remedio que aceptarla. Convinimos en vernos al día siguiente para hacer esos ajustes de los que había hablado.

XXXVIII

NECESITABA CAMINAR. Tomé por Alem derecho. Llevado por el hambre o por la nostalgia entré en el Dorá. Pedí costillas de cerdo y una botella de Chateau Vieux. Mientras comía intenté armar el rompecabezas; a los postres tenía una figura posible, con un par certezas y algunas incertidumbres. Primera certeza: Zavala estaba trabajando para la gente de Bilbao. Segunda certeza: la oferta catalana era mejor que la oferta vasca, por ese único motivo el gordo se empeñaba en que, pese a haber sido precalificados, no nos presentásemos en la licitación. El resto entraba en el campo de las incertidumbres: ¿sabrían los antiguos patrones que su voluminoso hombre de paja los había traicionado? Esa gente se movía con los códigos de la mafia, y la mafia no soporta que la traicionen. Aunque no se podía apostar un solo peso a favor de Zavala, él todavía contaba con algunas cartas de triunfo. Podía decir que la gente de Barcelona había decidido retirarse a último momento. Lo imaginé asumiendo el papel de gran defraudado y lamentándose con frases del tipo «ya no se puede confiar en nadie».

Llegué al hotel convencido de que efectivamente no se podía confiar en nadie. El vino ayudó a que durmiese una larga siesta, nada placentera. Me desperté a las ocho de la noche y decidí salir a caminar. Iba pensando en otras posibles jugadas de Zavala cuando noté que dos monos se ponían a mi lado. Pensé en un asalto, en gritar y salir corriendo. «Si gritás es peor», dijo uno de los monos, como si me hubiera adivinado el pensamiento. Sentí que me empujaban suavemente hacia un Falcon que había aparecido de golpe. En menos de un minuto me encontré depositado en el asiento de atrás. Un mono se ubicó junto a la ventanilla izquierda; el otro, junto a la derecha. El asiento delantero lo ocupaban el conductor y su acompañante. Ninguno de los dos giró la cabeza. Oí el ruido del motor que se ponía en marcha y finalmente pude hablar.

—Se equivocan —dije.

—No nos equivocamos —dijo el que estaba a mi derecha.

Iba a repetir que se trataba de un error, pero no pude: el mono de la izquierda me golpeó fiero en el estómago. El dolor y las ganas de vomitar aparecieron al mismo tiempo. Quise forcejear, pero sólo conseguí dos nuevos golpes: uno en las costillas, el otro en la sien.

—¿Qué quieren? —más que una pregunta era una súplica.

—Nada —dijo el que conducía—, no queremos nada. Sólo dar un paseo.

Pude ver que íbamos por las calles que llevan al puerto. Pensé en Mercedes, estos eran los tipos que habían liquidado a Mercedes. El mono de la derecha acercó su boca a mi oreja. Supuse que me la iba a morder e instintivamente moví la cabeza. Me apretó las mejillas, su mano parecía una tenaza.

—¡Quedate quieto! —dijo. Tenía mal aliento.

—¿Qué quieren? —repetí.

—Queremos que te portés bien —dijo el mono de la izquierda, que hasta ese momento no había abierto la boca.

—Me estoy portando bien —dije. Sentía un desagradable zumbido en la cabeza.

—No te estás portando bien —dijo el mono de mal aliento y me dio otro golpe en las costillas.

El coche se detuvo. Habíamos llegado a una dársena del puerto. Sentí que me arrastraban afuera. Me alegró descubrir que aún podía mantenerme en pie. No se veía un alma, sólo la sombra de algunos barcos que parecían abandonados. Me toqué el sitio de la sien en donde había recibido uno de los golpes, noté que sangraba. El conductor y su acompañante también bajaron. Los cinco estábamos muy juntos, a unos metros del muelle. Pensé que me tirarían al agua. Dos de ellos me tomaron de los brazos. Ahora no tenía dudas de que me iban a tirar.

—¡Qué mierda quieren! —grité.

No se molestaron en decírmelo, pero recibí otros dos golpes en el pecho. No me caí gracias a los monos que me sostenían.

—¡Qué quieren! —volví a gritar.

—Queremos que te portés bien —dijo por segunda vez sin levantar la voz el mono que había estado a mi izquierda, parecía que sólo sabía decir eso.

Era imposible intentar la mínima defensa. Los cuatro me superaban en peso, en altura y en fuerza. Yo sólo los superaba en edad, pero estaba visto que estas bestias no acostumbraban a respetar al anciano de la tribu. El acompañante del que manejaba se adelantó un paso y quedó justo frente a mí. Podía darle una patada en los huevos; después con un rápido movimiento de manos me libraba de mis dos captores y por último reducía al que manejaba el coche. Ni en mi sueño más delirante hubiese conseguido eso. El acompañante del que manejaba habló:

—Queremos que te vayas por donde viniste —dijo.

Era ridículo haberme dado esa paliza para que entendiera un pedido tan simple. Estuve a punto de decírselos, pero el acompañante del que manejaba volvió a hablar.

—Que te vayas por allí derecho —dijo y señaló hacia el río— y que no vuelvas más.

Pensaban tirarme al agua. Forcejeé. Sólo conseguí dos golpes más, en las costillas. Noté que no me pegaban en la cara. Si realmente querían matarme no tenían por qué cuidar mi rostro.

—¿Adónde tengo que irme? —pregunté, esperanzado.

Ahora fue el que manejaba quien señaló hacia el río.

—A tu país. A España —dijo—, y no volvés más.

—Porque si volvés —agregó el acompañante—, nosotros te mandamos de nuevo, pero adentro de un cajón ¿Entendiste?

Mientras aprobaba una y otra vez con rápidos movimientos de cabeza alcancé a distinguir un puño que venía directamente hacia mi cara. Es lo último que recuerdo. Desperté tirado boca abajo en el suelo.

Conseguí incorporarme y verifiqué que no me habían sacado nada: la billetera y los documentos estaban en mis bolsillos, el reloj en mi muñeca; sólo se había quebrado la boquilla de la pipa. Me dolían el estómago, el pecho, las costillas y la cabeza, tenía sangre en la sien y un gran chichón en la frente; el resto sin problema. Me largué a caminar hacia donde, supuse, estaba el hotel. En algún momento distinguí la Torre de los Ingleses. Subir la explanada del Sheraton me costó mucho: aumentaba el dolor a cada paso. Cuando entré en el hotel descubrí que tenía la camisa manchada de sangre. Dos conserjes vinieron en mi ayuda, preguntaron que me había pasado y quisieron saber si necesitaba algo. Inventé un accidente tonto, y les dije que estaba bien, que sólo necesitaba un buen baño y desinfectar la herida. Subí a mi habitación con un pequeño botiquín debajo el brazo. La ducha fría no me sirvió de mucho. Me tiré desnudo sobre la cama. Las cosas se estaban poniendo más duras de lo que mi cuerpo y yo podíamos aguantar, al día siguiente tendría que hablar con Zavala.

Lo único visible era el apósito que me había colocado sobre la herida de la sien y la huella morada del chichón en la frente. Los golpes en el pecho, el estómago y las costillas no estaban a la vista de nadie y únicamente se hacían notar si me tocaba cualquiera de esos sitios. Aún caminaba con cierta dificultad, pero eso era lo que menos me preocupaba. Elvira Voz-de-Susurro abrió la puerta y no se molestó en disimular la sorpresa. Quiso saber qué me había pasado. Repetí lo del accidente tonto y le aseguré que estaba fuera de peligro. No podía decirle que realmente iba a estar fuera de peligro si acataba las órdenes que me habían dado. Eso era para hablarlo a solas con Zavala. El gordo también puso cara de sorpresa y preguntó cómo había sucedido. Esperé que se marchara Elvira.

—Usted sabe cómo sucedió —dije—. Cuatro amigos suyos me llevaron a una dársena del puerto para recomendarme algo. No fueron nada suaves.

—¡Qué está diciendo! Habrá sido una banda de ladrones. Por desgracia, abundan.

—No me sacaron un peso —dije—. Ni siquiera el reloj. En cambio me llenaron el cuerpo de golpes y me aconsejaron que volviera a Barcelona cuanto antes. ¿A quién puede interesarle tanto mi partida?

—Entonces fueron los subversivos —dijo Zavala, sin inmutarse.

—Sí, los mismos que liquidaron a Maderna.

Un mínimo gesto de temor o de sorpresa se cruzó en el rostro cínico del gordo. No podía dejarlo escapar.

—Usted sabe muy bien —dije— que a Maderna no lo despachó la guerrilla. Se estaba convirtiendo en una persona incómoda y había que sacarlo del medio.

—¿Qué dice? —preguntó Zavala e intentó ponerse de pie.

Le pedí que conservara la compostura.

—Sé perfectamente que está trabajando para los vascos, y no tengo nada que criticarle: cambiar de patrones también entra en el juego del libre comercio. Digamos que no me gustaría quedar fuera del negocio, sobre todo ahora que sé dónde está la ganancia.

—¿Qué dice? —repitió Zavala.

—Corríjame si me equivoco. Tal como vienen anunciando con bombos y platillos, el Estado no invertirá un dólar en las obras de construcción de las autopistas. Todo se realizará con capitales privados. El consorcio de empresas, teóricamente, recuperará el dinero invertido explotando el sistema de peaje: hasta se les garantiza un cupo mínimo.

—Efectivamente —interrumpió Zavala—, eso está muy claro en las condiciones de licitación, y apareció en todos los diarios.

—Lo que no aparece en las condiciones, y tampoco en los diarios, es que el verdadero beneficio no está en la explotación de las autopistas, sino en su construcción. El consorcio que se quede con la obra no va a desembolsar un puto peso: el dinero lo obtendrá mediante préstamos internacionales, avalados por el Estado argentino. El costo original se calcula en doscientos millones de dólares; pero, como todo sube, a lo largo de la construcción se pedirán nuevos créditos; siempre con la garantía del gobierno. La obra estará concluida en la fecha establecida por contrato, pero el precio original se habrá elevado en un doscientos o trescientos por ciento. El consorcio se declara en quiebra, al Estado le queda una preciosa autopista y una deuda varias veces millonaria. ¿Se entiende cuál es la travesura?

—Eso parece una película de ciencia ficción —dijo Zavala.

—Pero es tan real como la vida misma. Sólo se precisan algunos personajes anónimos en las altas esferas del poder, para manejar el tema de los avales, y algunos funcionarios en la municipalidad para que se ocupen de otros temas menores; pasa en los mejores gobiernos. No faltará el que diga que no hay de qué quejarse, que ahí está la autopista para alegría de los porteños. Algún otro recordará que al Estado le queda el derecho de explotación del peaje. ¿Le hago el cálculo de cuántos coches tendrán que pasar para recuperar parte de los millones perdidos? El costo real de la obra será un misterio tan insondable como el de la Santísima Trinidad: superior a los doscientos millones iniciales, pero bastante inferior a los ochocientos o mil finales. Entre una y otra cifra descansa la ganancia que obtendrán los miembros del consorcio, los anónimos personajes de las altas esferas, los funcionarios municipales; y, en una mínima porción, usted y yo.

—Está loco —dijo Zavala.

—Estaré loco. Pero es una locura que tengo documentada. Si me pasara algo, esa documentación puede llegar a Barcelona. Enviar a esa gente que me golpeó fue su error. Repito: si me pasara algo, los catalanes harían públicos estos entretelones y el formidable negocio se pincharía para siempre.

—Déjese de payasadas —dijo Zavala—. ¿Qué propone?

—Yo no propongo nada. A usted le toca mover la próxima ficha.

—Nunca pensé dejarlo afuera. Pero, ¿qué pasa con su gente en Barcelona?

—Ya le dije que cambiar de socios es una de las leyes básicas de la libre empresa. ¿Recuerda el juego del Monopol?

—Sí —dijo Zavala—, y recuerdo que *Cárcel* era uno de sus casilleros.

—Pero se podía salir, pagando una buena suma. Y no habían ningún casillero *Muerte*. No lo cambiemos justo en este momento.

El gordo dijo sonriendo que no lo íbamos a cambiar. Me pidió veinticuatro horas para coordinar los últimos detalles. Nos despedimos con un apretón de manos que tenía mucho de pacto. El cuerpo ya no me dolía tanto y noté que podía moverme con algo más de agilidad.

XXXIX

EL MENSAJE ERA CLARO. Estaba escrito en letras de imprenta, me lo acababa de dar el conserje y no decía más que lo que yo había leído: «El señor Joaquín preguntó por usted. Volverá a llamar». Todo muy natural e inocente, salvo que yo no conocía a nadie con ese nombre. Podría tratarse de una última jugada de Zavala: me había mandado a los monos y ahora intentaba amenazas telefónicas. Lo deseché de inmediato, ya casi habíamos logrado un acuerdo y al gordo no le convenía romperlo. Decidí quedarme con la explicación más simple: ese tal Joaquín se había equivocado de persona. Mi nombre es bastante común y fácil de confundir. Estaba entrando en mi habitación cuando Joaquín volvió a llamar.

—Hablo por pedido de Pablo Benavides —dijo—. Pablo necesita encontrarse con usted.

Y yo no necesito encontrarme con Pablo, pero dije que no había problemas, que podíamos vernos cuando él quisiera. Aseguró que llamaría en las próximas horas y en voz más baja pidió que, por favor, ni una palabra, a nadie. No tenía a quién contárselo, pero igual prometí silencio. Benavides, por el contrario, podría contarme cosas de Mercedes.

El misterioso Joaquín volvió a llamar a las ocho de la mañana. A pesar de la modorra pude entender que a las nueve tendría que estar en la esquina del hotel.

Un coche, del que no logré precisar la marca, se detuvo casi a mi lado. Oí que alguien decía mi nombre. Miré al interior y vi a cuatro tipos. Ninguno de ellos era Pablo Benavides. Pensé en el episodio de dos días antes y estuve a punto de salir corriendo, pero el cuerpo aún me dolía y ya habían abierto la puerta trasera. Uno de los ocupante bajó y amablemente me invitó a subir. Obedecí. Me senté entre ambos, esa posición también me traía malos recuerdos.

—No veo a Benavides —dije.

—Ya lo va a ver —dijo el que había bajado del coche y me alcanzó unos lentes con vidrio oscuro y patillas anchas—. Por favor, póngaselos; por seguridad.

Le hice caso y quedé ciego. Los vidrios eran negros por fuera y estaban completamente anulados por dentro, el ancho de las patillas también impedían ver por los costados.

—¿Qué significa esto? —dije e hice ademán de quitármelos.

Uno de los hombres detuvo mi mano en mitad de camino. El otro habló, casi con ternura.

—Es por seguridad, ya se lo expliqué. No es conveniente que sepa adónde vamos y por dónde vamos.

Era un argumento razonable. No dijimos una sola palabra a lo largo del viaje que, calculo, duró algo más de veinte minutos. Cuando nos detuvimos oí que se abría una puerta. Lentamente entramos en lo que creí era un garaje. Pregunté si podía quitarme los anteojos. No había problema. Me los quité antes de que se arrepintieran. Me hicieron bajar del coche. No estábamos en el interior de un garaje, se trataba de un antiguo corralón al que algunas reformas elementales habían transformado en depósito. Alejados de nosotros había cuatro hombres y dos mujeres; discutían algo y no nos prestaron atención. El que había conducido el coche y su acompañante caminaron despacio hacia ese grupo. Una de las mujeres los vio y fue a su encuentro. Habrá dicho algo gracioso porque los tres se rieron. Pensé en Mercedes. Los que habían ido conmigo en el asiento de atrás me llevaron hasta una pieza, al fondo del corralón. Dijeron que entrara, ellos se quedaron en la puerta; uno de cada lado. El mobiliario era escaso: un armario, una mesa y tres sillas. Apoyado contra el borde de la mesa vi a un hombre que no era Benavides. No había nadie más. El hombre se acercó a recibirme. Me dio la mano y me dedicó una sonrisa como si yo fuera un amigo íntimo al que reencontraba después de muchos años.

—¿Dónde está Benavides? —pregunté.

—No se preocupe por Benavides —dijo—. Haga de cuenta que Benavides soy yo.

—Por qué todo esto —dije.

—Por seguridad. ¿O no se lo explicaron los compañeros?

Dije que no del todo. El volvió a sonreír:

—¿Está sorprendido?

—No. En este país ya casi nada me sorprende.

—Todavía hay cosas para sorprenderse —dijo, hizo una pausa y agregó—: por lo que sé, le importa poco lo que está sucediendo aquí.

—Digamos que no me interesa mucho. Sólo estoy de paso.

—Entonces le va a resultar más sencillo hacer lo que pensamos pedirle.

Aunque no tenía la menor idea de qué me iban a pedir, aprobé con un movimiento de cabeza: no me quedaba otro remedio. Sin embargo, lo interrumpí antes de que hablara nuevamente.

—Primero contésteme una pregunta —dije.

—Si puedo.

—La única vez que fui a la casa de Benavides...

—Cuando le trajo aquel sobre de Montse.

—Sí. Recuerdo que se celebraba una fiesta.

—Exacto: el cumpleaños de Facundito, ¿qué tiene que ver con esto?

—Nada, no tiene nada que ver. En esa fiesta no estaba usted. Pero había una mujer, Mercedes Laíño, temperamental, discutidora.

—Sí, Mercedes —dijo el hombre—. Sé que usted llegó a ser muy amigo de Mercedes.

—¿Quién la mató? —pregunté.

—Los servicios —contestó sin vacilar, casi como un acto reflejo: para esa pregunta esta respuesta.

—¿Cómo lo sabe con tanta seguridad?

—Porque se ocupan de dejar la firma. Es un código para los tiras: cada vez que descubren un cadáver con una bala de una 9 mm especial saben que se trata de un ajuste y que no hay nada que investigar. A veces la noticia aparece en los diarios, a veces ni eso. En todos los casos se olvida para siempre. Mercedes fue una gran pérdida.

Se iba al tacho la teoría de Jordi del marido engañado y era ridículo que averigüase por qué la habían matado. Le pregunté qué necesitaban de mí.

—Un favor —dijo el hombre.

Hablaba sin mirar a la cara. Nunca me gustó la gente que habla esquivando la mirada. Pese a no mirarme, sabía mucho de mí. Mercedes, tal como ella me lo anunciara aquella tarde en ese hotel de la calle Tres Sargentos, les había dado un informe completo de por qué y para qué estaba yo en el país. Pero eso no era todo. Este hombre también habló de Fernando Latorre, de Néstor Zavala y de Eduardo Maderna. Me confirmó que el asunto de las autopistas era un negociado. No sabía (o no quiso decírmelo) dónde estaba la verdadera ganancia. Le pregunté por qué se habían cargado a Maderna y repitió que ellos no habían tenido nada que ver con esa muerte. La atribuyó a internas militares: «Maderna era un hombre cercano al ejército, pero no le caía bien a la marina». Dije que me parecía una exageración que mataran a alguien en plena calle sólo por eso. Me dijo que realmente yo no tenía idea de lo que estaba pasando en el país.

—Aquí a la gente se la limpia por mucho menos que eso —dijo, sin sonrisa, con un ligero tono de amenaza.

—¿Qué favor necesitan? —pregunté.

—Acaban de chupar a un compañero, a un cuadro importante. Sabemos que está en la ESMA. Queremos que salga de ahí. Usted puede sacarlo.

Sentí ganas de reír. Esa lúgubre oficina, los tipos que estaban afuera y este hombre que se empeñaban en no mirar de frente, quitaban cualquier posibilidad de risa. Sin embargo, era para reírse: ¿Qué les habría contado Mercedes?

—No sé qué pudo haberles dicho —dije.

—¿Quién?

—Mercedes. No sé qué pudo haberles dicho de mí, pero créame que no estoy en condiciones de sacar a nadie.

—Mercedes no me dijo nada, y vos estás en condiciones de ayudar. —El repentino tuteo y el tono me indicaron que no había nada que discutir.— Basta con que se lo pidas a Zavala. Ese hijo de puta levanta el teléfono y recuperamos a Poggi.

Creí haber oído mal.

—Poggi, ¿el abogado?, ¿el doctor Poggi? —pregunté y de golpe me sentí personaje de una sangrienta comedia de enredos.

—Sí, Poggi. José Luis Poggi.

—¿El marido de Mercedes?

Por primera vez el hombre me miró de frente.

—¡Poggi el marido de Mercedes! ¿De dónde sacaste semejante disparate?

El asombro era verdadero, hay ciertas cosas que no se pueden disimular. Estuve a punto de decirle que me lo había contado ella, pero me pareció poco honesto.

—Mercedes y Poggi se conocían —dije.

—Por supuesto. Mercedes estaba bajo sus órdenes, ya te dije que Poggi es un cuadro importante; de ahí a hacerlos marido y mujer hay un gran paso.

—Sí, claro —dije—. Varias veces me habló de él.

—Lo admiraba —dijo el hombre.

—Lo admiraba —repetí y pensé que Jordi nuevamente tenía razón: las mujeres de la literatura son más trágicas, pero mucho menos complicadas que las reales.

XL

Zavala se alegró de oír mi voz. Le dije que necesitaba hablar con él y no puso el menor inconveniente. Dijo que me esperaba, que fuera cuanto antes. «No se demore, amigo», aconsejó antes de cortar. No era necesario tener el olfato de don Isidro Parodi para descubrir la razón de tanto apuro: al día siguiente vencía el plazo para presentar el sobre con nuestra oferta, hasta ese momento el gordo debía mostrarse amable conmigo; ser mi amigo. Justamente iba a su oficina a pedirle un favor de amigo.

Hacía apenas tres horas me habían obligado a repetir la ceremonia de los anteojos ahumados, con mis dos custodios llevándome otra vez por las calles de Buenos Aires. Antes de que me sacaran de ese corralón clandestino estuve un rato solo en la pieza, por la puerta entreabierta pude ver cómo el hombre alentaba a lo que, supuse, era su tropa. Hablaba en términos castrenses y de la misma manera le contestaban. Vi que literalmente rompían filas y el hombre, en compañía de un muchacho muy joven, entró en la pieza. «Vamos a memorizar el operativo», dijo y me obligó a que repitiera, paso a paso, lo que un rato antes me había explicado. Mi última acción era llamar por teléfono y decir «mamá llegó sin problemas» o decir «mamá tuvo problemas», según como hubiesen salido las cosas. Desde hacía un buen rato había comprendido que no era mamá sino yo quien iba a tener problemas. Quise saber por qué razón debía complicarme en todo eso. El hombre fue terminante: «Porque no te cuesta

229

nada y te conviene», dijo. «¿Y si me niego?», pregunté. «Mejor que no te niegues», dijo. El muchacho joven asintió. Se me ocurrió que ese chico podría ser mi posible verdugo. Pensé en Montse, mientras ella andaba pregonando la paz y el amor en algún rincón miserable de la India, a mí me había complicado en una guerra en la que yo no tenía arte ni parte. En definitiva, estaba metido en este lío por haber oficiado de correo secreto de mi ex mujer, o por haberme enrollado con Mercedes, o por haber venido a la Argentina. Podría seguir retrocediendo hasta llegar a la mañana, a la tarde o a la noche aquella en que mi padre y mi madre decidieron echar un hijo al mundo; aunque de eso yo no tenía culpa.

Llegué a lo de Zavala convencido de que otra vez me había convertido en una simple pieza que cada cual movía a su antojo. Probablemente me eliminarían mucho antes de ocupar la octava casilla. A veces un simple peón es tan valioso como la dama, depende del juego. Decidí que yo era un peón importante y toqué el timbre.

Zavala se veía eufórico. Le dijo a Elvira que no estaba para nadie, sin excepciones, y me hizo pasar a su despacho. No había perdido el tiempo: sobre el escritorio vi hojas con números y apuntes. Las señaló y dijo que ya tenía las cifras definitivas, sólo quedaban algunos ligeros ajustes, que íbamos a resolver entre los dos.

—De acuerdo —dije—, pero antes quiero hablar de otra cosa.

—No se preocupe —dijo el gordo e hizo un guiño cómplice—, lo suyo está debidamente contemplado.

—No lo dudo. Pero debemos hablar de otra cosa, que nada tiene que ver con este negocio.

Contrariamente a lo que yo esperaba, no hizo el menor gesto de sorpresa. Se apoyó contra el respaldo del sillón y con el tono más plácido del mundo, preguntó:

—¿En qué puedo ayudarlo?

Fui al grano. No había tiempo para protocolos.

—Usted tiene buenos contactos en la armada.

—Alguna amistad.

—Alguna amistad de peso.

—Según se mire.

—Necesito que toque a uno de esos amigos. Me han pedido un favor, no tengo forma de decir que no, y usted puede ayudarme.

—¿Algún trámite? ¿Algún papel que es necesario que desaparezca? Que se pierda, usted me entiende.

—Más complicado: es alguien que está en la ESMA.

No se le movió un pelo.

—¿En qué se ha metido, amigo? —preguntó.

—En nada. No me metí en nada. Simplemente es un favor que me pidieron. Yo ni siquiera lo conozco. Sólo sé que se llama Poggi, José Luis Poggi. Es abogado. No sé en qué andará ni me interesa. Pero ese Poggi y yo tenemos un amigo en común. Esas cosas de la amistad, vio. Pensé que usted podría hacer algo.

Zavala mantenía su gesto imperturbable, comenzaba a molestarme tanta pasividad.

—Oh, los amigos. ¿Cómo se llama ese amigo? —preguntó.

—Ya se lo dije: José Luis Poggi.

Preguntó si sabía en lo que me estaba metiendo. No esperó a que le contestara. Dijo que no era nada bueno complicarse con esas bandas terroristas.

—Menos en estos momentos. Los hombres de armas han decidido acabar con el caos que agobia al país —hizo una breve pausa y continuó con tono algo más encendido—, y justo cuando comenzamos a encauzarnos por la senda del orden, el trabajo y el progreso, cuando estamos a punto de cerrar un negocio beneficioso para todos, a usted se le ocurre complicarse con esa gente. No es momento...

Lo interrumpí en mitad del discurso.

—Sabe que no tengo nada que ver con esa gente. Sólo dígame si puede hacer algo por ese amigo de mi amigo.

—Siempre se puede hacer algo. Pero recuerde que todo tiene su precio.

Por fin comenzábamos a entendernos.

—¿Cuál es el precio? —pregunté.

—Ya habrá tiempo para hablar de eso. Pero no se haga mayores ilusiones: ese amigo de su amigo está en el peor lugar. Blanquearlo es lo máximo que podríamos conseguir.

—¿Blanquearlo?

—Sí, que deje de ser un NN y recupere nombre y apellido. Un preso común, para que nos entendamos.

—Pero sigue adentro, ¿qué gana con eso?

—La vida, ¿le parece poco?

Me puse de pie y caminé hacia la ventana. Tenía una cortina vienesa, semiplegaba. Estábamos en un quinto piso. Sólo se alcanzaba a ver a hombres y a mujeres que iban de uno a otro lado, caminando sin sentido. Vista desde arriba la gente siempre parece caminar sin sentido. Recordé una secuencia de *El tercer hombre:* Orson Wells y Joseph Cotten, los dos girando en la Vuelta al Mundo. Abajo, los hombres, las mujeres y los chicos eran sólo manchas que también se movían sin sentido. El perverso Harry Lime le preguntaba al honorable Rollo Martins a cuántas de esas manchas mandaría a matar si por cada una de ellas le pagasen veinte libras, libres de impuestos. Rollo Martins no respondía a esa pregunta. En mi caso, sólo tenía una mancha y no andaba paseando por un parque de diversiones, estaba encerrada en la ESMA.

—¿Cuál es el precio? —pregunté de nuevo.

—Usted sabe cuál es el precio —dijo Zavala—. Se trata simplemente de aumentar los costos de la oferta, y ese amigo de su amigo recupera su identidad. Favor con favor se paga.

Volví al escritorio.

—Tendríamos que cotizar en base a estas cifras —dijo y me alcanzó las hojas.

Había ajustado los números antes de saber lo de José

Luis Poggi, antes de que yo le pidiese por su liberación. Quise creer que era una simple coincidencia. En ese instante sólo me preocupaba mi ganancia.

—¿Y lo mío? —pregunté.

—Ya le dije que no se va ir con las manos vacías. Acostumbro a cumplir con lo que prometo.

Decía las mentiras más sorprendentes con la convicción de quien está pronunciando grandes verdades. Un modo de triunfar en la vida. No me quedaba otro remedio que creerle. Eché un vistazo a los precios modificados: habían aumentado sustancialmente, era imposible competir con esas cifras.

—¿Conforme? —preguntó Zavala.

—Conforme —dije.

Elvira Voz-de-Susurro apareció de pronto, como si hubiera estado todo el tiempo detrás de la puerta. Seguramente el gordo tenía un timbre oculto en algún rincón del escritorio.

—Por favor, páseme esto en limpio. Lo necesito ya.

Elvira tomó las hojas y se fue, sin decir palabra.

—El Dom Perignon quedará para otra oportunidad —dije.

—*Business is business* —dijo Zavala en un inglés de academias Pitman—. No se desanime, a veces hay que saber perder. ¿Cómo se las va a arreglar con su gente en Barcelona?

Le dije que no habría problemas, y realmente no los había. Ellos me habían ordenado que aceptara todo lo que propusiese este gordo miserable, y yo estaba cumpliendo órdenes. Sin embargo, algo no terminaba de encajar.

—Usted y sus amigos están en condiciones de manejar la licitación como mejor les guste, cambiar los precios y contratar al consorcio que más les importe, ¿a cuento de qué han montado este show?

El gordo me dedicó una sonrisa afectuosa.

—Inteligente pregunta. Digamos que en esta oportunidad evitaremos travesuras. Esa documentación que usted di-

233

ce tener no le servirá para nada. Vamos a ir por el camino de la legalidad, queremos que el mundo entero sepa de nuestra decencia. No olvide que estamos en un proceso de reorganización nacional.

En ese instante entró Elvira, puso las hojas de la oferta sobre el escritorio y desapareció con la misma rapidez con que había aparecido. Eso también era parte del ritual.

—Bueno —dijo Zavala y señaló las hojas—, aquí está la verdad: mañana presentamos la oferta y mañana mismo, o el lunes a más tardar, su amigo recuperará su nombre y apellido. Creo que hemos hecho una obra de bien.

—No es mi amigo —dije.

—De acuerdo —dijo—, pero igualmente hicimos una obra de bien.

Tal vez tenía razón. Al menos eso pensé cuando un rato después caminaba por la calle Reconquista en busca de un teléfono público. Disqué el número que me habían obligado a memorizar. Atendió una mujer casi de inmediato.

—Mamá llegó sin problemas —dije.

—Magnífico —dijo la mujer y cortó.

Acababa de cumplir mi misión y el dinero que había calculado ganar en este país de locos se me iba definitivamente de las manos: tendría que conformarme con lo que me diera Zavala. Volví a pensar que al menos había hecho una obra de bien, y continué con esa idea hasta que desemboqué en la Plaza de Mayo. Entonces las vi. Marchaban en silenciosa ronda por el centro de la plaza, con un pañuelo blanco en la cabeza. Estaban marcadas por la tragedia y se las veía igual que a un coro griego. Antígona se había jugado la vida por enterrar el cuerpo de su hermano Polinice. Ellas se la jugaban por desenterrar los cuerpos de sus hijos. Con ellas no había formas de negociación posible. Sentí que eran lo único cierto entre tanta mierda, y me fui de inmediato: yo no tenía nada que hacer allí.

XLI

VOLVÍ A VER a Néstor Zavala el lunes 31 de octubre, a las seis de la tarde; fue nuestro último encuentro. Los tres días que precedieron a esa cita los dediqué a despedirme de la ciudad en donde había nacido, pero en la que seguramente no iba a morir. Recorrí sus calles con el propósito de rescatar algún recuerdo como la gente, fue imposible. No quedaba ninguno o no tenía manera de recuperarlo. Había vuelto a Buenos Aires después de tantos años, sólo estuve menos de dos meses pero fueron suficientes para que no sintiera la menor tristeza ante mi nueva partida. Tampoco me alegraba volver a Barcelona. Por una corta charla con Jordi supe que hacía un frío de morirse, que Montse había regresado purificada de la India, que la tasa de desocupación había aumentado más de lo previsto y que Lores y Verges nunca me contratarían para futuros trabajos. Tal vez en algún lugar de este ancho mundo había un sitio adecuado para mí. Lamentablemente, ninguna agencia de turismo lo anunciaba.

Llegué a la oficina de Zavala un poco antes de las seis. Elvira Voz-de-Susurro me anunció alegremente que el viernes había presentado el sobre con la oferta. Pensé que tal vez ella desconocía lo que se cocinaba en ese antro, y por un instante se me ocurrió que era lo único honesto entre esta gente. Lo deseché de inmediato: era una secretaria eficaz, y como cualquier secretaria eficaz estaba obligada a conocer los secretos de su jefe. Entré en el despacho de Zavala. El gordo me estaba esperando, de pie, junto a su escritorio.

—Lo prometido es deuda —dijo y puso un sobre en mi mano.

Lo abrí con cierta parsimonia. Encontré un pasaje de Iberia y un cheque en dólares, contra un banco de Nueva York. Miré la cifra. Era más de lo que yo había imaginado. No le di importancia al pasaje.

—Es para mañana —dijo Zavala—. Había posibilidad de viajar el primero de noviembre en Iberia, o el dos en Aerolíneas. Me pareció mejor Iberia: es más grato volar el Día de Todos los Santos que el Día de los Muertos.

Festejó su chiste con tres o cuatro risitas cortas y desagradables. Después se sentó en uno de los sillones.

—Póngase cómodo —dijo.

Yo no me moví.

—¿Qué le pasa? —preguntó—. No tiene de qué quejarse.

—No me quejo —dije y me senté—. ¿Qué se sabe de Poggi, finalmente recuperó nombre y apellido?

—El amigo Poggi jamás perdió ni nombre ni apellido.

Esto también le habrá parecido gracioso, porque volvió a emitir sus risitas.

—¿Qué quiere decir? —pregunté.

—Lo que está oyendo, nada más que lo que está oyendo. El amigo Poggi, el doctor José Luis Poggi, es un hombre nuestro. Trabaja para nosotros.

—Con ustedes... —comencé a decir.

—Sí —me interrumpió Zavala—, hace algo más de un año era un cuadro importante. Lo chupamos y negoció de inmediato. A partir de ahí se convirtió en uno de nuestros hombres más eficaces. No fue difícil infiltrarlo.

—Pero entonces...

—Pero entonces —volvió a interrumpirme—, gracias al inocente trabajo de Mercedes Laíño pudimos seguir cada uno de sus pasos. Los suyos, digo, los paso de usted. Debo admitir, amigo, que usted es un hombre de ley: jamás le dijo

236

a Mercedes una sola palabra que pudiera comprometernos a nosotros.

—¿Mercedes también era una infiltrada?

—No, de ninguna manera. Esa mujer fue una militante de verdad, de esas que casi no existen. Creía en el hombre nuevo, creía que José Luis Poggi era la viva imagen del hombre nuevo.

Entre sus labios apareció otra vez la risita. Tuve ganas de golpearlo.

—¿Quién la mató? —pregunté.

—¿Qué importancia tiene? Poggi la marcó. Parece que esa chica comenzó a sospechar algo. Sabíamos que iba a ser imposible recuperarla y decidimos cortar por lo sano.

—¿Pero la mató Poggi? —insistí.

—¿Por qué le interesa tanto?

—Para confirmar la teoría de un amigo.

—¿Algún delirio de Pablo Benavides?

Era la primera vez que lo nombraba.

—¿El también trabaja para ustedes?

—Sí, de algún modo. Aunque él no lo sabe. El pobre no está enterado de nada. Le gusta jugar a los soldaditos, y nosotros lo dejamos jugar. Cualquier día aparecerá en un zanjón. Por ahora, nos sirve así. Usted se había empeñado en no corregir los números y hubo que montar una pequeña obrita, con un actor profesional y dos amateurs como Benavides y usted. No se puede quejar: se lleva un buen dinero. Eso paga sus servicios y su silencio.

Seguir haciéndome el idiota ya no tenía sentido. Pregunté:

—¿Y el hombre con el que hablé, en ese depósito?

Zavala cambió la expresión.

—En la Argentina hay preguntas que no tienen respuesta —dijo y se paró.

Yo también me puse de pie. En mi mano derecha apretaba el sobre con el pasaje de Iberia y el cheque contra un banco de Nueva York. Pensé que ahora tendría que romper pasaje y cheque y arrojar los pedacitos en la cara de ese gordo miserable, pero esa escena sólo se ve en las películas norteamericanas con final feliz, y esta historia no tenía final feliz. Puse el sobre en el bolsillo interior de mi saco, y le dije a Zavala que no se preocupase, que yo nunca hablaba más de la cuenta.

—Sé que es capaz de guardar un secreto —dijo y me dedicó la mejor de sus sonrisas—. Preste atención, que le voy a contar uno: la verdadera ganancia en el expediente de las autopistas está en otra parte. Eso ni usted ni nadie lo alcanzará a descubrir. Ni siquiera yo. Pero no se queje, hizo un buen negocio. A cada uno según sus posibilidades, podría haber dicho su amiga Mercedes.

Me acompañó hasta la puerta de su despacho y dijo que tal vez habría nuevas obras; entonces, gustosamente volvería a trabajar conmigo.

—Pero en este tema —recalcó—, usted queda fuera de servicio.

Yo no dije palabra.

—Elvira, el amigo regresa a España —le anunció a su secretaria.

Ella se acercó a saludarme.

—Le tengo reservada una sorpresa —dijo.

—¿Sorpresa? —pregunté.

—La fotografía del General —dijo y señaló hacia la pared.

Casi a la altura de Pablo VI y de la de monseñor Escrivá de Balaguer, había un retrato de Zavala junto a Videla. El General tenía el gesto adusto que convenía a su uniforme; el gordo, la mirada dirigida hacia el futuro.

—Por fin —dije—, quedó mejor de lo que pensaba.

Caminé hacia la salida, al llegar a la puerta giré la cabeza para verlos por última vez. Elvira y Zavala estaban más juntos que de costumbre, acaso eran amantes. Me sonrieron. Jamás sabré si fue una sonrisa de afecto o de burla.

El resto no tiene importancia.

Pagué mi cuenta en el Sheraton y pasé la noche en un hotel de segunda categoría, en Palermo. Dormí mal y desayuné peor. En Ezeiza despaché el equipaje y elegí sector de no fumadores. Dejé escapar un largo suspiro cuando el avión despegó. Mi compañero de asiento dijo que a él también le daban miedo los despegues. Asentí con una sonrisa. Acepté el diario que me ofreció la azafata. «Camino al Mundial», proclamaba un título a grandes letras. Leí que a bordo del buque «Río Paraná» llegaba el primer camión de exteriores para la transmisión en color del Mundial de Fútbol 78. Un poco más abajo se anunciaba que habían sido seleccionados tres consorcios para la construcción de las autopistas 25 de Mayo y Perito Moreno, en quince días se iba adjudicar la obra a una de esas tres empresas. A principios de 1978 se firmarían los contratos y en treinta meses debería estar ejecutada. Cerré el diario.

Palpé el cheque que tenía en el bolsillo izquierdo del saco. ¿Llegaría alguna vez a cobrarlo? Por razones que ahora no me interesaba averiguar, eso también había dejado de tener importancia. Mentiría si dijera que pensé en Mercedes. Deseché el almuerzo y al rato me quedé dormido. Si soñé algo, ya no lo recuerdo.

Esta edición
se terminó de imprimir en
Indugraf S.A.
Sánchez de Loria 2251, Buenos Aires
en el mes de octubre de 1995.